El perro de los Baskerville

Arthur Conan Doyle

Redbook

Título original: *The Hound of the Baskervilles*
Diseño: Regina Richling

ISBN: 978-84-9917-763-2
Depósito legal: B-15.750-2025
Impreso por Ulzama
Impreso en España - *Printed in Spain*

Arthur Conan Doyle

Arthur Ignatius Conan Doyle (1859-1930) fue un médico, novelista y escritor de novelas policíacas británico de origen escocés. Ejerció como médico en su primera etapa. Para completar sus ingresos económicos se decidió a escribir. Fue el creador del detective de ficción más famoso de todos los tiempos: Sherlock Holmes. Sin embargo, lo mató cuando se cansó de él, lo resucitó cuando se lo reclamaron y jamás consideró que este personaje y su inteligencia hiperlógica fueran su mayor legado. Él prefirió sus novelas históricas, pero hoy nadie las recuerda.

Estudio en escarlata, publicada en 1887, se convertiría en el primero de los sesenta y ocho relatos en los que aparece el famoso detective. El doctor Joseph Bell lo inspiró en gran parte de la personalidad de Sherlock Holmes. Era su profesor en la universidad y contaba con una ingeniosa habilidad para el razonamiento deductivo. También son excepcionales los personajes que lo acompañan: su amigo bondadoso y torpe, el doctor Watson –que es el narrador de los cuentos– y el archicriminal profesor Moriarty.

Los mejores relatos de Holmes son *El signo de los cuatro* (1890), *Las aventuras de Sherlock Holmes* (1892) y *El perro de los Baskerville* (1902). Tuvo tanto éxito al inicio de su carrera literaria que en cinco años abandonó la medicina para dedicarse por completo a la escritura.

Durante la Primera Guerra Mundial escribió *La campaña británica en Francia y Flandes* (6 volúmenes, 1916-1920) en homenaje a la valentía británica.

La muerte de su hijo mayor por una neumonía que contrajo en la guerra lo convirtió en defensor del espiritismo –que defendía el contacto con los muertos, la hipnosis y la escritura automática– y de la que fue miembro activo al dar conferencias y escribir ampliamente sobre el tema, hasta su fallecimiento en 1930.

El perro de los Baskerville

Arthur Conan Doyle

Clásicos Literarios

La idea para este relato me la ha proporcionado
mi amigo, el señor Fletcher Robinson[1]*,*
que me ha ayudado además en la línea
argumental y en los detalles de ambientación.
A. C. D

1 Bertram Fletcher Robinson (1870-1907) fue un escritor y periodista inglés, editor de los periódicos *The Isthmian Library*, *Vanity Fair* y *Daily Express*. Ganó cierta fama al cubrir la *Guerra de los Bóeres* en Sudáfrica. Fue en ese viaje que conoció a Conan Doyle y le contó la leyenda de un sabueso fantasmal que daría pie a *El perro de los Baskerville*.

Nota preliminar

Arthur Conan Doyle nunca se imaginó que con Sherlock Holmes había nacido el detective más famoso de todos los tiempos.

Uno de los empleos del autor fue el de ayudante del doctor Joseph Bell. Conan Doyle entrevistaba a los pacientes y confeccionaba una ficha de cada uno para preparar la consulta; una vez en ella, quedaba maravillado al ver cómo el doctor Bell obtenía —con solo mirar al paciente— mucha más información de la que él había conseguido con la entrevista previa. El experto médico adivinaba el oficio, la procedencia, el número de hijos y parte del pasado de sus pacientes mediante la observación y la deducción. Gracias a su colaboración con Joseph Bell, Conan Doyle aprendió a observar, a ejercitar la memoria y a seleccionar datos y síntomas, así como a interpretarlos hasta dar con la enfermedad del paciente. Con el doctor Bell comenzaba a desarrollar el personaje de Sherlock Holmes.

Con el objetivo de abrirse camino en el mundo literario y de obtener algún ingreso adicional, Conan Doyle comenzó a publicar algunos relatos folletinescos de aventuras, aunque con escaso éxito. Finalmente logró vender el manuscrito de *Estudio en escarlata* (1887) a la editorial *Ward, Lock & Co.* En esta novela aparecen por vez primera Sherlock Holmes y el doctor Watson con algunos de los rasgos de personalidad que los harán célebres: Holmes encarna el genio, la excentricidad y la capacidad de raciocinio y deducción; Watson, la afabilidad y la sencillez. Asimismo, se pone de relieve el poco aprecio que el detective siente por la policía, su singular manera de actuar y los resultados fulgurantes de sus investigaciones.

En 1891, Conan Doyle se trasladó a Londres y resolvió abandonar la práctica de la medicina para dedicarse plenamente a la literatura.

El gran impulso para su carrera literaria llegaría con la publicación de doce cuentos protagonizados por Sherlock Holmes en la revista literaria *The Strand Magazine* y reunidos en el libro *Las aventuras de Sherlock Holmes* (1892).

Pese a tener resueltos sus problemas económicos y haber ganado el respeto y la admiración de toda Inglaterra, el autor no tardó en cansarse de su personaje y, deseoso de abandonar la novela policíaca para cultivar otros géneros literarios, liquidó a Holmes en 1893. Pero el enojo y la insistencia de su madre, sus amigos y editores, acabaron forzando a Conan Doyle a devolver al detective a la vida. *El sabueso de los Baskerville*, publicado por entregas entre 1901 y 1902, supuso el reencuentro del carismático detective con los lectores, así como la aceptación —por parte de un resignado Conan Doyle— de lo complicado que le iba a resultar deshacerse de su personaje.

La inmensa popularidad que llega hasta hoy en día, se hace sentir en las numerosas adaptaciones de sus aventuras al cine, al teatro y a abundantes imitaciones literarias.

I

El señor Sherlock Holmes

El señor Sherlock Holmes, que normalmente se levantaba muy tarde, excepto en las ocasiones nada infrecuentes en que no se acostaba en toda la noche, estaba desayunando. Me hallaba de pie junto a la chimenea y me agaché para recoger el bastón olvidado por nuestro visitante de la noche anterior. Sólido, de madera de buena calidad y con un abultamiento a modo de empuñadura, era del tipo que se conoce como «abogado de Penang»[2]. Inmediatamente debajo de la protuberancia el bastón llevaba una ancha tira de plata, de más de dos centímetros, en la que estaba grabado «A James Mortimer, MRCS[3], de sus amigos de CCH», y el año, «1884». Era exactamente la clase de bastón que solían llevar los médicos de cabecera a la antigua usanza: digno, sólido y que inspiraba confianza.

—Veamos, Watson, ¿a qué conclusiones llega?

Holmes me daba la espalda, y yo no le había dicho en qué me ocupaba.

---

2 Especie de bastón fabricado con el tronco de una palma procedente de Penang, Malasia, antigua colonia británica. Es llamado «abogado» porque era utilizado como arma y también para resolver disputas.

3 Siglas de *Member of the Royal College of Surgeons (Miembro del Real Colegio de Cirujanos)*.

—¿Cómo sabe lo que estoy haciendo? Voy a creer que tiene usted ojos en la nuca.

—Lo que tengo, más bien, es una reluciente cafetera con baño de plata delante de mí —me respondió—. Vamos, Watson, dígame qué opina del bastón de nuestro visitante. Puesto que hemos tenido la desgracia de no coincidir con él e ignoramos qué era lo que quería, este recuerdo fortuito adquiere importancia. Descríbame al propietario con los datos que le haya proporcionado el examen del bastón.

—Me parece —dije, siguiendo hasta donde me era posible los métodos de mi compañero— que el doctor Mortimer es un médico entrado en años y prestigioso que disfruta de general estimación, puesto que quienes lo conocen le han dado esta muestra de su aprecio.

—¡Bien! —dijo Holmes—. ¡Excelente!

—También me parece muy probable que sea médico rural y que haga a pie muchas de sus visitas.

—¿Por qué dice eso?

—Porque este bastón, pese a su excelente calidad, está tan usado que difícilmente imagino a un médico de ciudad llevándolo. El grueso regatón[4] de hierro está muy gastado, por lo que es evidente que su propietario ha caminado mucho con él.

—¡Un razonamiento perfecto! —dijo Holmes.

—Y además no hay que olvidarse de los «amigos de CCH». Imagino que se trata de una asociación local de cazadores[5], a cuyos miembros es posible que haya atendido profesionalmente y que le han ofrecido en recompensa este pequeño obsequio.

---

4 Pieza, normalmente de hierro, que se pone en el extremo inferior de lanzas, garrochas, bastones, paraguas, etc., para darles mayor firmeza.

5 Watson deduce que la H es la inicial de *hunt* (caza) o *humer* (cazador) en inglés.

—A decir verdad se ha superado usted a sí mismo —dijo Holmes, apartando la silla de la mesa del desayuno y encendiendo un cigarrillo—. Me veo obligado a confesar que, normalmente, en los relatos con los que ha tenido usted a bien recoger mis modestos éxitos, siempre ha subestimado su habilidad personal. Cabe que usted mismo no sea luminoso, pero sin duda es un buen conductor de la luz. Hay personas que sin ser genios poseen un notable poder de estímulo. He de reconocer, mi querido amigo, que estoy muy en deuda con usted.

Hasta entonces Holmes no se había mostrado nunca tan elogioso, y debo reconocer que sus palabras me produjeron una satisfacción muy intensa, porque la indiferencia con que recibía mi admiración y mis intentos de dar publicidad a sus métodos me había herido en muchas ocasiones. También me enorgullecía pensar que había llegado a dominar su sistema lo bastante como para aplicarlo de una forma capaz de merecer su aprobación. Acto seguido Holmes se apoderó del bastón y lo examinó durante unos minutos. Luego, como si algo hubiera despertado especialmente su interés, dejó el cigarrillo y se trasladó con el bastón junto a la ventana, para examinarlo de nuevo con una lente convexa[6].

—Interesante, aunque elemental —dijo, mientras regresaba a su sitio preferido en el sofá—. Hay sin duda una o dos indicaciones en el bastón que sirven de base para varias deducciones.

—¿Se me ha escapado algo? —pregunté con cierta presunción—. Confío en no haber olvidado nada importante.

6 Se llaman convexas a aquellas lentes que son más gruesas en el centro que en los bordes. Cuando se acerca el objeto a la lente, la imagen sigue siendo real e invertida, pero se hace más grande y se forma más lejos de la lente.

—Mucho me temo, mi querido Watson, que casi todas sus conclusiones son falsas. Cuando he dicho que me ha servido usted de estímulo me refería, si he de ser sincero, a que sus equivocaciones me han llevado en ocasiones a la verdad. Aunque tampoco es cierto que se haya equivocado usted por completo en este caso. Se trata sin duda de un médico rural que camina mucho.

—Entonces tenía razón.

—Hasta ahí, sí.

—Pero solo hasta ahí.

—Solo hasta ahí, mi querido Watson, porque eso no es todo ni mucho menos. Consideraría más probable, por ejemplo, que un regalo a un médico proceda de un hospital y no de una asociación de cazadores, y que cuando las iniciales CC van unidas a la palabra hospital, se nos ocurra enseguida que se trata de Charing Cross[7].

—Quizá tenga usted razón.

—Las probabilidades se orientan en ese sentido. Y si adoptamos esto como hipótesis de trabajo, disponemos de un nuevo punto de partida desde donde dar forma a nuestro desconocido visitante.

—De acuerdo. Supongamos que «CCH» significa «hospital de Charing Cross». ¿Qué otras conclusiones se pueden sacar de ahí?

—¿No se le ocurre alguna de inmediato? Usted conoce mis métodos[8]. ¡Aplíquelos!

—Solo se me ocurre la conclusión evidente de que nuestro hombre ha ejercido su profesión en Londres antes de marchar al campo.

---

7 El hospital de Charing Cross se fundó en 1818. En 1889, año en que transcurre la acción de este libro, estaba situado en la céntrica calle londinense de Villiers.

8 Basados en la observación minuciosa de la realidad, la capacidad de deducción (saber interpretar un hecho y sacar consecuencias de él), la imaginación y la abundancia de conocimientos.

—Creo que podemos aventurarnos un poco más. Véalo desde esta perspectiva: ¿En qué ocasión es más probable que se hiciera un regalo de esas características? ¿Cuándo se habrán puesto de acuerdo sus amigos para darle esa prueba de afecto? Evidentemente en el momento en que el doctor Mortimer dejó de trabajar en el hospital para abrir su propia consulta. Sabemos que se le hizo un regalo. Creemos que se ha producido un cambio y que el doctor Mortimer ha pasado del hospital de la ciudad a una consulta en el campo. ¿Piensa que estamos llevando demasiado lejos nuestras deducciones si decimos que el regalo se hizo con motivo de ese cambio?

—Parece probable, desde luego.

—Observará usted, además, que no podía formar parte del personal permanente del hospital, ya que tan solo se nombra para esos puestos a profesionales experimentados, con una buena clientela en Londres, y un médico de esas características no se marcharía después a un pueblo. ¿Qué era, en ese caso? Si trabajaba en el hospital sin haberse incorporado al personal permanente, solo podía ser cirujano o médico interno, poco más que estudiante posgraduado. Y se marchó hace cinco años porque la fecha está en el bastón. De manera que su médico de cabecera, persona seria y de mediana edad, se esfuma, mi querido Watson, y aparece en su lugar un joven que no ha cumplido aún la treintena, afable, poco ambicioso, distraído y dueño de un perro por el que siente gran afecto y que describiré aproximadamente como más grande que un terrier pero más pequeño que un mastín[9].

9 Los perros terrier, de tamaño pequeño o mediano, se caracterizan por su facilidad para rastrear madrigueras. Mientras que los mastines, mucho más grandes, se emplean tradicionalmente para vigilar el ganado.

Me eché a reír con incredulidad mientras Sherlock Holmes se recostaba en el sofá y enviaba hacia el techo temblorosos anillos de humo.

—En cuanto a sus últimas afirmaciones, carezco de medios para rebatirlas —dije—, pero al menos no nos será difícil encontrar algunos datos sobre la edad y trayectoria profesional de nuestro hombre.

Del modesto estante donde guardaba los libros relacionados con la medicina saqué el Directorio Médico[10] y, al buscar por el apellido, encontré varios Mortimer, pero tan solo uno que coincidiera con nuestro visitante, por lo que procedí a leer en voz alta la nota biográfica:

> «Mortimer, James, MRCS, 1882, Grimpen, Dartmoor, Devonshire. De 1882 a 1884 cirujano interno en el hospital de Charing Cross. En posesión del premio Jackson[11] de patología comparada, gracias al trabajo titulado ¿Es la enfermedad una regresión?. Miembro correspondiente de la Sociedad Sueca de Patología. Autor de *Algunos fenómenos de atavismo* (Lancet, 1882) y ¿Estamos progresando? (Journal of Psychology, marzo de 1883). Médico de los municipios de Grimpen, Thorsley y High Barrow».

—No se menciona ninguna asociación de cazadores —comentó Holmes con una sonrisa maliciosa—. Pero sí que nuestro visitante es médico rural, como usted dedujo atinadamente.

---

10 Libro creado en 1858 con el objetivo de regular la práctica de la profesión, donde figuraban los titulados en medicina del Reino Unido.

11 Fundado en 1800, se otorgaba cada año a un miembro del *Real Colegio de Cirujanos* por su contribución a la teoría y práctica quirúrgicas.

Creo que mis deducciones están justificadas. Por lo que se refiere a los adjetivos, dije, si no recuerdo mal, afable, poco ambicioso y distraído. Según mi experiencia, solo un hombre afable recibe regalos de sus colegas, solo un hombre sin ambiciones abandona una carrera en Londres para irse a un pueblo y solo una persona distraída deja el bastón en lugar de la tarjeta de visita después de esperar una hora.

—¿Y el perro?

—Está acostumbrado a llevarle el bastón a su amo. Como es un objeto pesado, tiene que sujetarlo con fuerza por el centro, por eso las señales de sus dientes son perfectamente visibles. La mandíbula del animal, como pone de manifiesto la distancia entre las marcas es, en mi opinión, demasiado ancha para un terrier y no lo bastante para un mastín. Podría ser..., sí, claro que sí, se trata de un spaniel[12] de pelo rizado.

Holmes se había puesto en pie y paseaba por la habitación mientras hablaba. Finalmente se detuvo junto al hueco de la ventana. Había un tono tal de convicción en su voz que levanté la vista sorprendido.

—¿Cómo puede estar tan seguro de eso?

—Por la sencilla razón de que estoy viendo al perro delante de nuestra casa y acabamos de oír cómo su dueño ha llamado a la puerta. No se mueva, se lo ruego. Se trata de uno de sus hermanos de profesión y la presencia de usted puede serme de ayuda. Este es el momento dramático del destino, Watson: se oyen en la escalera los pasos de alguien que se dispone a entrar en nuestra vida y no sabemos si será para bien o para mal. ¿Qué es lo que el

12 Perro de tamaño medio o pequeño, orejas colgantes anchas y grandes y hocico ancho. Todo el cuerpo está cubierto de pelo largo y ondulado y cara y hocico con pelo corto.

doctor James Mortimer, el científico, desea de Sherlock Holmes, el detective? ¡Adelante!

El aspecto de nuestro visitante fue una sorpresa para mí, dado que esperaba al típico médico rural y me encontré a un hombre muy alto y delgado, de nariz larga y ganchuda, disparada hacia adelante entre unos ojos grises y penetrantes —muy juntos— que centelleaban desde detrás de unos lentes de montura dorada. Vestía de acuerdo con su profesión, pero de manera un tanto descuidada, porque su levita estaba sucia y los pantalones raídos. Cargado de espaldas —aunque todavía joven— caminaba echando la cabeza hacia adelante y ofrecía un aire general de benevolencia corta de vista. Al entrar, sus ojos tropezaron con el bastón que Holmes tenía entre las manos, por lo que se precipitó hacia él lanzando una exclamación de alegría.

—¡Cuánto me alegro! —dijo—. No sabía si lo había dejado aquí o en la agencia marítima. Sentiría mucho perder ese bastón.

—Un regalo, por lo que veo —dijo Holmes.

—Así es.

—¿Del hospital de Charing Cross?

—De uno o dos amigos que tenía allí, con ocasión de mi matrimonio.

—¡Vaya, vaya! ¡Qué contrariedad! —dijo Holmes, agitando la cabeza.

—¿Cuál es la contrariedad?

—Tan solo que ha echado usted por tierra nuestras modestas deducciones. ¿Su matrimonio, ha dicho?

—Sí, señor. Al casarme dejé el hospital y con ello toda esperanza de abrir una consulta. Necesitaba un hogar.

—Bien, bien. No estábamos tan equivocados, después de todo —dijo Holmes—. Y ahora, doctor James Mortimer...

—No soy doctor. Tan solo un modesto MRCS[13].

—Y persona amante de la exactitud, por lo que se ve.

—Un simple aficionado a la ciencia, señor Holmes, coleccionista de conchas en las playas del gran océano de lo desconocido. Imagino que estoy hablando con el señor Sherlock Holmes y no...

—No se equivoca. Soy Sherlock Holmes y este es mi amigo, el doctor Watson.

—Encantado de conocerlo, doctor Watson. He oído mencionar su nombre junto con el de su amigo. Me interesa usted mucho, señor Holmes. No esperaba encontrarme con un cráneo tan dolicocéfalo[14] ni con un arco supraorbital[15] tan pronunciado. ¿Le importaría que recorriera con el dedo su fisura parietal[16]? Un molde de su cráneo, señor mío, hasta que pueda disponerse del original, sería el orgullo de cualquier museo antropológico. No es mi intención parecer obsequioso, pero confieso que codicio su cráneo.

Sherlock Holmes hizo un gesto con la mano para invitar a nuestro extraño visitante a que tomara asiento.

—Veo que se entusiasma usted tanto con sus ideas como yo con las mías —dijo—. Y observo por su dedo índice que se hace usted mismo los cigarrillos. No dude en encender uno si así lo desea.

El doctor Mortimer sacó papel y tabaco y lió un pitillo con sorprendente destreza. Sus dedos, largos y temblorosos, eran tan ágiles e inquietos como las antenas de un insecto.

Holmes guardó silencio, pero la intensidad de su atención me demostraba el interés que despertaba en él nuestro curioso visitante.

---

13 Sobre las siglas MRCS, véase nota 3. A finales del siglo XIX, los cirujanos tenían un rango inferior al de los doctores o médicos, pues no podían diagnosticar enfermedades ni recetar medicamentos, solo curar heridas y realizar pequeñas operaciones quirúrgicas.

14 Ovalado.

15 Arco formado por las cejas.

16 Línea en la que se unen los huesos de la parte superior del cráneo.

—Supongo —dijo finalmente—, que no debemos el honor de su visita de anoche y esta de hoy exclusivamente a su deseo de examinar mi cráneo.

—No, claro está. Aunque también me alegro de haber tenido la oportunidad de hacerlo. He acudido a usted, señor Holmes, porque no se me oculta que soy una persona poco práctica y porque me enfrento de repente con un problema tan grave como singular. Y reconociendo, como lo reconozco, que es usted el segundo experto europeo mejor cualificado...

—Ah. ¿Puedo preguntarle a quién corresponde el honor de ser el primero? —le interrumpió Holmes con alguna aspereza.

—Para una persona amante de la exactitud y de la ciencia, el trabajo de monsieur Bertillon[17] tendrá siempre un poderoso atractivo.

—¿No sería mejor consultarle a él en ese caso?

—He hablado de personas amantes de la exactitud y de la ciencia. Pero en cuanto a sentido práctico todo el mundo reconoce que carece usted de rival. Espero, señor mío, no haber...

—Tan solo un poco —dijo Holmes—. No estará de más, doctor Mortimer que, sin más preámbulo, tenga la amabilidad de contarme en pocas palabras cuál es exactamente el problema para cuya resolución solicita mi ayuda.

17 Alphonse Bertillon (1853-1914), policía, antropólogo y criminalista francés, estableció un célebre sistema de identificación antropométrico, basado en las medidas corporales y en la fotografía judicial (de frente y de perfil). Su método se vio reemplazado por la identificación mediante las huellas dactilares, la dactiloscopia.

II

La maldición de los Baskerville

—Traigo un manuscrito en el bolsillo —dijo el doctor James Mortimer.

—Lo he notado al entrar usted en la habitación —dijo Holmes.

—Es un manuscrito antiguo.

—Primera mitad del siglo XVIII, a no ser que se trate de una falsificación.

—¿Cómo lo sabe?

—Los tres o cuatro centímetros que quedan al descubierto me han permitido examinarlo mientras usted hablaba. Una persona que no esté en condiciones de calcular la fecha de un documento con un margen de error de una década, más o menos, no es un experto. Tal vez conozca usted mi modesta monografía[18] sobre el tema. Yo lo situaría hacia 1730.

—La fecha exacta es 1742 —el doctor Mortimer sacó el manuscrito del bolsillo interior de la levita—. Sir Charles Baskerville, cuya repentina y trágica muerte hace unos tres meses causó

18 Sherlock Holmes es autor de varias monografías, entre ellas una dedicada a la ceniza de los diferentes tipos de tabaco, otra sobre el rastreo de huellas y otra acerca de la influencia de la profesión en la forma de la mano, citadas en *El signo de los cuatro*.

tanto revuelo en Devonshire[19], confió a mi cuidado este documento de su familia. Quizá deba explicar que era amigo personal suyo además de su médico. Sir Charles, pese a ser un hombre resuelto, perspicaz, práctico y tan poco imaginativo como yo, consideraba este documento una cosa muy seria y estaba preparado para que le sucediera lo que finalmente puso fin a su vida.

Holmes extendió la mano para recibir el documento y lo alisó colocándoselo sobre la rodilla.

—Fíjese usted, Watson, en el uso alternativo de la S larga y corta. Es uno de los indicios que me han permitido calcular la fecha.

Por encima de su hombro contemplé el papel amarillento y la escritura ya borrosa. En el encabezamiento se leía: «Mansión de los Baskerville» y, debajo, con grandes números irregulares, «1742».

—Parece una declaración.

—Sí, es una declaración acerca de cierta leyenda relacionada con la familia de los Baskerville.

—Pero imagino que usted me quiere consultar acerca de algo más moderno y práctico.

—De inmediata actualidad. Una cuestión en extremo práctica y urgente que hay que decidir en un plazo de veinticuatro horas. Pero el relato es breve y está íntimamente ligado con el problema. Con su permiso voy a proceder a leérselo.

Holmes se recostó en el asiento, unió las manos por las puntas de los dedos y cerró los ojos con gesto de resignación. El doctor Mortimer volvió el manuscrito hacia la luz y leyó —con voz aguda, que se quebraba a veces— la siguiente narración, pintoresca y extraña al mismo tiempo:

19 Condado al suroeste de Inglaterra.

«Sobre el origen del sabueso[20] de los Baskerville se han dado muchas explicaciones, pero como procedo en línea directa de Hugo Baskerville y la historia me la contó mi padre, que a su vez la supo de mi abuelo, la he puesto por escrito convencido de que todo sucedió exactamente como aquí se relata. Con ello quisiera convenceros, hijos míos, de que la misma Justicia que castiga el pecado puede también perdonarlo sin exigir nada a cambio y que toda interdicción[21] puede a la larga superarse gracias al poder de la oración y el arrepentimiento. Aprended de esta historia a no temer los frutos del pasado sino, más bien, a ser cautos en el futuro, de manera que las horribles pasiones por las que nuestra familia ha sufrido hasta ahora tan atrozmente no se desaten de nuevo para provocar nuestra perdición.

»Sabed que en la época de *La Gran Rebelión*[22] (y mucho os recomiendo la historia que de ella escribió el sabio Lord Clarendon[23]) el propietario de esta mansión de los Baskerville era un Hugo del mismo apellido y no es posible ocultar que se trataba

---

20 Perro cazador, de tamaño mediano o grande y olfato muy fino.

21 Acción y efecto de interdecir: privación de derechos civiles definida por la ley. Vetar, prohibir.

22 Guerra civil que se desató en 1642 en Inglaterra con el enfrentamiento entre monárquicos y parlamentaristas. Concluyó con la condena a muerte y ejecución de Carlos I, rey de Inglaterra, Escocia e Irlanda, en 1649. El libro al que se refiere Hugo Baskerville es *Historia de la rebelión y de las guerras civiles en Inglaterra*, del político e historiador Edward Hyde (1609-1674), primer conde de Clarendon.

23 Edward Hyde (1609-1674), primer conde de Clarendon, fue primer ministro en la Restauración, pero en 1667 tuvo que huir a Francia, acusado de traición. En el exilio terminó de escribir el mencionado libro.

del hombre más salvaje, vulgar y sin Dios que pueda imaginarse. Todo esto a decir verdad, podrían habérselo perdonado sus coetáneos, dado que los santos no han florecido nunca por estos contornos, si no fuera porque había además en él un gusto por la lascivia y la crueldad que lo hicieron tristemente célebre en todo el occidente del país. Sucedió que este Hugo dio en amar (si, a decir verdad, a una pasión tan tenebrosa se le puede dar un nombre tan radiante) a la hija de un pequeño terrateniente que vivía cerca de las propiedades de los Baskerville. Pero la joven, discreta y de buena reputación, evitaba siempre a Hugo por el temor que le inspiraba su nefasta notoriedad. Sucedió así que, un día de san Miguel, este antepasado nuestro, con cinco o seis de sus compañeros, tan ociosos como desalmados, llegaron a escondidas hasta la granja y secuestraron a la doncella, sabedores de que su padre y sus hermanos estaban ausentes. Una vez en la mansión, recluyeron a la doncella en un aposento del piso alto, mientras Hugo y sus amigos iniciaban una larga francachela[24], al igual que todas las noches. Lo más probable es que a la pobre chica se le trastornara el juicio al oír los cánticos y los gritos y los terribles juramentos que le llegaban desde abajo, porque dicen que las palabras que utilizaba Hugo Baskerville cuando es-

24 Fiesta en la que se abusa de la comida y la bebida.

taba borracho bastarían para fulminar al hombre que las pronunciara. Finalmente, impulsada por el miedo, la muchacha hizo algo a lo que quizá no se hubiera atrevido el más valiente y ágil de los hombres, porque gracias a la enredadera que cubría (y todavía cubre) el lado sur de la casa, descendió hasta el suelo desde el piso alto, y emprendió el camino hacia su casa a través del páramo dispuesta a recorrer las tres leguas que separaban la mansión de la granja de su padre.

»Sucedió que, algo más tarde, Hugo dejó a sus invitados para llevar alimento y bebida junto, quizá, con otras cosas peores a su cautiva, encontrándose vacía la jaula y desaparecido el pájaro. A partir de aquel momento, por lo que parece, el carcelero burlado dio la impresión de estar poseído por el demonio, porque bajó corriendo las escaleras para regresar al comedor, saltó sobre la gran mesa, haciendo volar por los aires jarras y fuentes, y dijo a grandes gritos ante todos los presentes que aquella misma noche entregaría cuerpo y alma a los poderes del mal si conseguía alcanzar a la muchacha. Y aunque a los juerguistas les espantó la furia de aquel hombre, hubo uno más perverso o, tal vez, más borracho que los demás, que propuso lanzar a los sabuesos en persecución de la doncella. Al oírlo Hugo salió corriendo de la casa y ordenó a gritos a sus criados que le ensillaran la yegua y soltaran la jauría; después de dar a los perros un pañuelo de la doncella, los puso inmediatamente sobre su pista para que, a la luz de la luna, la persiguieran por el páramo.

»Durante algún tiempo los juerguistas quedaron mudos, incapaces de entender acontecimientos tan rápidos. Pero al poco salieron de su perplejidad e imaginaron lo que probablemente estaba a punto de suceder. El alboroto fue inmediato: quién pedía sus armas, quién su caballo y quién otra jarra de vino. A la larga, sin embargo, sus mentes enloquecidas recobraron un poco de sensatez, y todos, trece en total, montaron a caballo y salieron tras Hugo. La luna brillaba sobre sus cabezas y cabalgaron a gran velocidad, siguiendo el camino que la muchacha tenía que haber tomado para volver a su casa.

»Habían recorrido alrededor de media legua cuando se cruzaron con uno de los pastores que guardaban durante la noche el ganado del páramo y lo interrogaron a grandes voces, pidiéndole noticias de la partida de caza. Y aquel hombre, según cuenta la historia, aunque se hallaba tan dominado por el miedo que apenas podía hablar, contó por fin que había visto a la desgraciada doncella y a los sabuesos que seguían su pista. «Pero he visto más que eso —añadió—, porque también me he cruzado con Hugo Baskerville a lomos de su yegua negra y tras él corría en silencio un sabueso infernal que nunca quiera Dios que llegue a seguirme los pasos».

»De manera que los caballeros borrachos maldijeron al pastor y siguieron adelante. Pero muy pronto se les heló la sangre en las venas, porque oyeron el ruido de unos cascos al galope y enseguida pasó ante ellos, arrastrando las riendas y sin jinete en la silla, la yegua negra de Hugo, cubierta de espuma blanca. A partir de aquel momento los juerguistas, llenos de espanto, siguieron avanzando por el páramo, aunque cada uno, si hubiera estado solo, habría vuelto grupas con verdadera alegría. Después de cabalgar más lentamente de esta guisa, llegaron finalmente a donde se encontraban los sabuesos. Los pobres animales, aunque afamados por su valentía y pureza de raza, gemían apiñados al comienzo de un hocino[25], como nosotros lo llamamos, algunos escabulléndose y otros, con el pelo erizado y los ojos desorbitados, mirando fijamente el estrecho valle que tenían delante.

»Los jinetes, mucho menos borrachos ya, como es fácil de suponer, que al comienzo de su expedición, se detuvieron. La mayor parte se negó a seguir adelante, pero tres de ellos, los más audaces, o tal vez los más ebrios, continuaron hasta llegar al fondo del valle, que se ensanchaba muy pronto y en el que se alzaban dos de esas grandes piedras[26], que aún perduran en la actualidad,

25 Final de un pequeño valle.
26 Las grandes piedras son megalitos, monumentos de enormes piedras sin tallar y plantadas en el suelo durante el Neolítico (s. VIII-IV a. C.).

obra de pueblos olvidados de tiempos remotos. La luna iluminaba el claro y en el centro se encontraba la desgraciada doncella en el lugar donde había caído, muerta de terror y de fatiga. Pero no fue la vista de su cuerpo, ni tampoco del cadáver de Hugo Baskerville que yacía cerca, lo que hizo que a aquellos juerguistas temerarios se les erizaran los cabellos, sino el hecho de que, encima de Hugo y desgarrándole el cuello, se hallaba una espantosa criatura: una enorme bestia negra con forma de sabueso pero más grande que ninguno de los sabuesos jamás contemplados por ojo humano. Acto seguido y en su presencia, aquella criatura infernal arrancó la cabeza de Hugo Baskerville, por lo que, al volver hacia ellos los ojos llameantes y las mandíbulas ensangrentadas, los tres gritaron empavorecidos y volvieron grupas desesperadamente, sin dejar de lanzar alaridos mientras galopaban por el páramo. Según se cuenta, uno de ellos murió aquella misma noche a consecuencia de lo que había visto, y los otros dos no llegaron a reponerse en los años que aún les quedaban de vida.

»Esa es la historia, hijos míos, de la aparición del sabueso que, según se dice, ha atormentado tan cruelmente a nuestra familia desde entonces. Lo he puesto por escrito, porque lo que se conoce con certeza causa menos terror que lo que solo se insinúa o adivina. Como tampoco se puede negar que son muchos los miembros de nuestra familia que han tenido muertes desgraciadas, con frecuencia repentinas, sangrientas y misteriosas. Quizá podamos, sin embargo, refugiarnos en la bondad infinita de la Providencia, que no castigará sin motivo a los inocentes más allá de la tercera o la cuarta generación[27], que es hasta donde se extiende la amenaza de la Sagrada Escritura. A esa Providencia, hijos míos, os encomiendo ahora y os aconsejo, como medida de precaución, que os abstengáis de cruzar el páramo durante las horas de oscuridad en las que triunfan los poderes del mal.

»(De Hugo Baskerville para sus hijos Rodger y John, instándoles a que no digan nada de su contenido a Elizabeth, su hermana.)»

Cuando el doctor Mortimer terminó de leer aquella singular narración, se alzó los lentes hasta colocárselos en la frente y se quedó mirando a Sherlock fijamente. Este último bostezó y arrojó al fuego la colilla del cigarrillo que había estado fumando.

—¿Y bien? —dijo—. ¿Le parece interesante?

—Para un coleccionista de cuentos de hadas.

El doctor Mortimer sacó del bolsillo un periódico doblado.

—Ahora, señor Holmes, voy a leerle una noticia un poco más reciente, publicada en el *Devon County Chronicle* del 14 de junio de este año. Es un breve resumen de la información obtenida sobre la muerte de Sir Charles Baskerville, ocurrida pocos días antes.

---

27 Hugo Baskerville cita varios salmos del *Antiguo Testamento* donde se anuncia que los descendientes de quienes no obren virtuosamente, más concretamente hasta la tercera y cuarta generación, pagarán los pecados de sus antepasados.

Mi amigo se inclinó un poco hacia adelante y su expresión se hizo más atenta. Nuestro visitante se ajustó las gafas y comenzó a leer:

«El fallecimiento repentino de Sir Charles Baskerville, cuyo nombre se había mencionado como probable candidato del partido liberal en Mid-Devon[28] para las próximas elecciones, ha entristecido a todo el condado. Si bien Sir Charles había residido en la mansión de los Baskerville durante un periodo comparativamente breve, su simpatía y su extraordinaria generosidad le ganaron el afecto y el respeto de quienes lo trataron. En estos días de *nouveaux riches*[29] es consolador encontrar un caso en el que el descendiente de una antigua familia venida a menos ha sido capaz de enriquecerse en el extranjero y regresar luego a la tierra de sus mayores para restaurar el pasado esplendor de su linaje. Sir Charles, como es bien sabido, se enriqueció mediante la especulación sudafricana[30]. Más prudente que quienes siguen en los negocios hasta que la rueda de la fortuna se vuelve contra ellos, Sir Charles se detuvo a tiempo y regresó a Inglaterra con sus ganancias. Han pasado solo dos años desde que estableciera su residencia en la mansión de los Baskerville y son de todos conocidos los ambiciosos planes de reconstrucción y mejora que han quedado trágicamente interrumpidos por su muerte. Dado que carecía de hijos, su deseo, públicamente expresado, era que

---

28 Distrito del condado de Devon. El Partido Liberal inglés, fundado en 1859, abogaba por la mínima intervención del Gobierno en materias económicas y favorecía las reformas sociales y las libertades personales.

29 Nuevos ricos en francés. La expresión se emplea para aludir despectivamente a quienes se enriquecen con rapidez y presumen de su fortuna.

30 A finales del siglo XIX, fueron muchos los británicos que se enriquecieron gracias a los yacimientos de diamantes hallados en Ciudad del Cabo y el oro de Transvaal en Sudáfrica. Por lo general, especulaban con la compra y venta de acciones de las empresas dedicadas a la extracción de oro y diamantes.

toda la zona se beneficiara, en vida suya, de su buena fortuna y serán muchos los que tengan razones personales para lamentar su prematura desaparición. Las columnas de este periódico se han hecho eco con frecuencia de sus generosas donaciones a obras caritativas tanto locales como del condado.

»No puede decirse que la investigación efectuada haya aclarado por completo las circunstancias relacionadas con la muerte de Sir Charles pero, al menos, se ha hecho luz suficiente como para poner fin a los rumores a que ha dado origen la superstición local. No hay razón alguna para sospechar que se haya cometido un delito, ni para imaginar que el fallecimiento no obedezca a causas naturales. Sir Charles era viudo y quizá también persona un tanto excéntrica en algunas cuestiones. A pesar de su considerable fortuna, sus gustos eran muy sencillos y contaba únicamente, para su servicio personal, con el matrimonio apellidado Barrymore: el marido en calidad de mayordomo y la esposa como ama de llaves. Su testimonio, corroborado por el de varios amigos, ha servido para poner de manifiesto que la salud de Sir Charles empeoraba desde hacía algún tiempo y, de manera especial, que le aquejaba una afección cardíaca con manifestaciones como palidez, ahogos y ataques agudos de depresión nerviosa. El doctor James Mortimer, amigo y médico de cabecera del difunto, ha testimoniado en el mismo sentido.

»Los hechos se relatan sin dificultad. Sir Charles tenía por costumbre pasear todas las noches, antes de acostarse, por el famoso Paseo de los Tejos de la mansión de los Baskerville. El testimonio de los Barrymore confirma esa costumbre. El cuatro de junio Sir Charles manifestó su intención de emprender viaje a Londres al día siguiente y encargó a Barrymore que le preparase el equipaje. Aquella noche salió como de costumbre a dar su paseo nocturno, durante el cual tenía por costumbre fumarse un cigarro habano, pero nunca regresó. A las doce, al encontrar todavía abierta la puerta principal, el mayordomo se alarmó y, después de encender una linterna, salió en busca de su señor. Había llovido durante el día y no le fue difícil seguir las huellas de Sir Charles por el Paseo de los Tejos. Hacia la mitad del recorrido hay un portillo para salir al páramo. Sir Charles, al parecer, se detuvo allí algún tiempo. El mayordomo siguió paseo adelante y en el extremo que queda más lejos de la mansión encontró el cadáver. Según el testimonio de Barrymore, las huellas de su señor cambiaron de aspecto más allá del portillo que da al páramo, ya que a partir de entonces anduvo al parecer de puntillas. Un tal Murphy, gitano tratante en caballos, no se encontraba muy lejos en aquel momento pero, según su propia confesión, estaba borracho. Murphy afirma que oyó gritos, pero es incapaz de precisar de dónde procedían. En la persona de Sir Charles no se descubrió señal alguna de violencia y aunque el testimonio del médico señala una distorsión casi increíble de los rasgos faciales —hasta el punto de que, en un primer momento, el doctor Mortimer se negó a creer que fuera efectivamente su amigo y paciente—, puede saberse que se trata de un síntoma no del todo infrecuente en casos de disnea[31] y de muerte por agotamiento cardíaco. Esta explicación se vio corroborada por el examen post mortem, que puso de manifiesto una enfermedad orgánica crónica y el veredicto del jurado al que informó el coroner[32] estuvo en concordancia con las pruebas médicas. Hemos de felicitarnos de que haya

31 Dificultad para respirar.

32 Funcionario público encargado de investigar, en colaboración con un jurado, las muertes acaecidas en extrañas circunstancias. Si el coroner daba con algún sospechoso, este permanecía en prisión a la espera de juicio.

sido así, porque, evidentemente, es de suma importancia que el heredero de Sir Charles se instale en la mansión y prosiga la encomiable tarea tan triste—mente interrumpida. Si los corrientes hallazgos del coroner no hubieran puesto fin a las historias románticas susurradas en conexión con estos sucesos, podría haber resultado difícil encontrar un nuevo ocupante para la mansión de los Baskerville. Según se sabe, el pariente más próximo de Sir Charles es el señor Henry Baskerville, hijo de su hermano menor, en el caso de que aún siga con vida. La última vez que se tuvo noticias de este joven se hallaba en Estados Unidos y se están haciendo las averiguaciones necesarias para informarle de lo sucedido.»

El doctor Mortimer volvió a doblar el periódico y se lo guardó en el bolsillo.

—Esos son, señor Holmes, los hechos en conexión con la muerte de Sir Charles Baskerville que han llegado a conocimiento de la opinión pública.

—Tengo que agradecerle —dijo Sherlock Holmes— que me haya informado sobre un caso que presenta sin duda algunos rasgos de interés. Recuerdo haber leído, cuando murió Sir Charles, algunos comentarios periodísticos, pero estaba muy ocupado con el asunto de los camafeos del Vaticano y, llevado de mi deseo de complacer a Su Santidad[33], perdí contacto con varios casos muy interesantes de mi país. ¿Dice usted que ese artículo contiene todos los hechos de conocimiento público?

—Así es.

33 El Papa citado era León XIII (1878-1903). Con frecuencia, Conan Doyle pone en boca de Holmes y Watson casos que él nunca llegó a escribir.

—En ese caso, infórmeme de los privados —recostándose en el sofá, Sherlock Holmes volvió a unir las manos por las puntas de los dedos y adoptó su expresión más impasible y juiciosa.

—Al hacerlo —explicó el doctor Mortimer, que empezaba a dar la impresión de estar muy emocionado— me dispongo a contarle algo que no he revelado a nadie. Mis motivos para ocultarlo durante la investigación del coroner son que un hombre de ciencia no puede adoptar públicamente una posición que, en apariencia, podría servir de apoyo a la superstición. Me impulsó además el motivo suplementario de que, como dice el periódico, la mansión de los Baskerville permanecería sin duda deshabitada si contribuyéramos de algún modo a confirmar su reputación, ya de por sí bastante siniestra. Por esas dos razones me pareció justificado decir bastante menos de lo que sabía, dado que no se iba a obtener con ello ningún beneficio práctico, mientras que ahora, tratándose de usted, no hay motivo alguno para que no me sincere por completo.

»El páramo está muy escasamente habitado y los pocos vecinos con que cuenta se visitan con frecuencia. Esa es la razón de que viera a menudo a Sir Charles Baskerville. Con la excepción del señor Frankland, de la mansión Lafter, y del señor Stapleton, el naturalista, no hay otras personas educadas en muchos kilómetros a la redonda. Sir Charles era un hombre reservado, pero su enfermedad motivó que nos tratáramos y la coincidencia de nuestros intereses científicos contribuyó a reforzar nuestra relación. Había traído abundante información científica de África del Sur y fueron muchas las veladas que pasamos conversando agradablemente sobre la anatomía comparada del bosquimano y del hotentote[34].

34 Pueblos nómadas del sur de África.

»En el transcurso de los últimos meses advertí, cada vez con mayor claridad, que el sistema nervioso de Sir Charles estaba sometido a una tensión casi insoportable. Se había tomado tan excesivamente en serio la leyenda que acabo de leerle que, si bien paseaba por los jardines de su propiedad, nada le habría impulsado a salir al páramo durante la noche. Por increíble que pueda parecerle, señor Holmes, estaba convencido de que pesaba sobre su familia un destino terrible y, a decir verdad, la información de que disponía acerca de sus antepasados no invitaba al optimismo. Le obsesionaba la idea de una presencia horrorosa y en más de una ocasión me preguntó si durante los desplazamientos que a veces realizo de noche por motivos profesionales había visto alguna criatura extraña o había oído los ladridos de un sabueso. Esta última pregunta me la hizo en varias ocasiones y siempre con una voz alterada por la emoción.

»Recuerdo muy bien un día, aproximadamente tres semanas antes del fatal desenlace, en que llegué a su casa ya de noche. Sir Charles estaba casualmente junto a la puerta principal. Había bajado de mi calesa y, al dirigirme hacia él, advertí que sus ojos, fijos en algo situado por encima de mi hombro, estaban llenos de horror. Al volverme solo tuve tiempo de vislumbrar lo que me pareció una gran ternera negra que cruzaba por el otro extremo del paseo. Mi anfitrión estaba tan excitado y alarmado que tuve que trasladarme al lugar exacto donde había visto al animal y buscarlo por los alrededores, pero había desaparecido, aunque el incidente pareció dejar una impresión penosísima en su imaginación. Le hice compañía durante toda la velada y fue en aquella ocasión, y para explicarme la emoción de la que había sido presa, cuando confió a mi cuidado la narración que le he leído al comienzo de mi visita. Menciono este episodio insignificante porque adquiere cierta importancia dada la tragedia posterior, aunque por entonces yo estuviera convencido de que se trataba de algo perfectamente trivial y de que la agitación de mi amigo carecía de fundamento.

»Sir Charles se disponía a venir a Londres por consejo mío. Sabía que estaba enfermo del corazón y que la ansiedad constante en que vivía, por fantásticos que fueran los motivos, tenía un efecto muy negativo sobre su salud. Me pareció que si se distraía durante unos meses en la gran metrópoli londinense se restablecería. El señor Stapleton, un amigo común, a quien también preocupaba mucho su estado de salud, era de la misma opinión. Y en el último momento se produjo la terrible catástrofe.

»La noche de la muerte de Sir Charles, Barrymore, el mayordomo, que fue quien descubrió el cadáver, envió a Perkins, el mozo de cuadra, a caballo en mi busca, y dado que no me había acostado aún pude presentarme en la mansión menos de una hora después. Comprobé con mis propios ojos todos los hechos que más adelante se mencionaron en la investigación. Seguí las huellas, camino adelante, por el Paseo de los Tejos y vi el lugar, junto al portillo que da al páramo, donde Sir Charles parecía haber estado esperando y advertí el cambio en la forma de las huellas a partir de aquel momento, así como la ausencia de otras huellas distintas de las de Barrymore sobre la arena blanda; finalmente examiné cuidadosamente el cuerpo, que nadie había tocado antes de mi llegada. Sir Charles yacía boca abajo, con los brazos extendidos, los dedos hundidos en el suelo y las facciones tan distorsionadas por alguna emoción fuerte que difícilmente hubiera podido afirmar bajo juramento que se trataba del propietario de la mansión de los Baskerville. No había, desde luego, lesión corporal de ningún tipo. Pero Barrymore hizo una afirmación incorrecta durante la investigación. Dijo que no había rastro alguno en el suelo alrededor del cadáver. El mayordomo no observó ninguno, pero yo sí. Se encontraba a cierta distancia, pero era reciente y muy claro».

—¿Huellas?

—Huellas.

—¿De un hombre o de una mujer?

El doctor Mortimer nos miró extrañamente durante un instante y su voz se convirtió casi en un susurro al contestar:

—Señor Holmes, ¡eran las huellas de un sabueso gigantesco!

III

EL PROBLEMA

Confieso que sentí un escalofrío al oír aquellas palabras. El estremecimiento en la voz del doctor mostraba que también a él le afectaba profundamente lo que acababa de contarnos. La emoción hizo que Holmes se inclinara hacia adelante y que apareciera en sus ojos el brillo duro e impasible que los iluminaba cuando algo le interesaba vivamente.

—¿Las vio usted?

—Tan claramente como estoy viéndolo a usted.

—¿Y no dijo nada?

—¿Para qué?

—¿Cómo es que nadie más las vio?

—Las huellas estaban a unos veinte metros del cadáver y nadie se ocupó de ellas. Supongo que habría hecho lo mismo si no hubiera conocido la leyenda.

—¿Hay muchos perros pastores en el páramo?

—Sin duda, pero en este caso no se trataba de un pastor.

—¿Dice usted que era grande?

—Enorme.

—Pero, ¿no se había acercado al cadáver?

—No.

—¿Qué tiempo hacía aquella noche?

—Húmedo y frío.

—¿Pero no llovía?

—No.

—¿Cómo es el paseo?

—Hay dos hileras de tejos muy antiguos que forman un seto impenetrable de cuatro metros de altura. El paseo propiamente tal tiene unos tres metros de ancho.

—¿Hay algo entre los setos y el paseo?

—Sí, una franja de césped de dos metros de ancho a cada lado.

—¿Es exacto decir que el seto que forman los tejos queda cortado por un portillo?

—Sí, el portillo que da al páramo.

—¿Existe alguna otra comunicación?

—Ninguna.

—¿De manera que para llegar al Paseo de los Tejos hay que venir de la casa o bien entrar por el portillo del páramo?

—Hay otra salida a través del pabellón de verano en el extremo que queda más lejos de la casa.

—¿Había llegado hasta allí Sir Charles?

—No. Se encontraba a unos cincuenta metros.

—Dígame ahora, doctor Mortimer, y esto es importante, las huellas que usted vio ¿estaban en el camino y no en el césped?

—En el césped no se marcan las huellas.

—¿Estaban en el lado del paseo donde se encuentra el portillo?

—Sí. Al borde del camino y en el mismo lado.

—Me interesa extraordinariamente lo que cuenta. Otro punto más: ¿estaba cerrado el portillo?

—Cerrado y con el candado puesto.

—¿Qué altura tiene?

—Algo más de un metro.

—En ese caso, cualquiera podría haber pasado por encima.

—Efectivamente.

—Y, ¿qué señales vio usted junto al portillo?

—Ninguna especial.

—¡Dios del cielo! ¿Nadie lo examinó?

—Lo hice yo mismo.

—¿Y no encontró nada?

—Resultaba todo muy confuso. Sir Charles, no hay duda, permaneció allí por espacio de cinco o diez minutos.

—¿Cómo lo sabe?

—Porque se le cayó dos veces la ceniza del cigarro.

—¡Excelente! He aquí, Watson, un colega de acuerdo con nuestros gustos. Pero, ¿y las huellas?

—Sir Charles había dejado las suyas repetidamente en una pequeña porción del camino y no pude descubrir ninguna otra.

Sherlock Holmes se golpeó la rodilla con la mano en un gesto de impaciencia.

—¡Ah, si yo hubiera estado allí! —exclamó—. Se trata de un caso de extraordinario interés, que ofrece grandes oportunidades al experto científico. Ese paseo, en el que tanto se podría haber leído, hace ya tiempo que ha sido emborronado por la lluvia y desfigurado por los zuecos[35] de campesinos curiosos. ¿Por qué no me llamó usted, doctor Mortimer? Ha cometido un pecado de omisión.

—No me era posible llamarlo, señor Holmes, sin revelar al mundo los hechos que acabo de contarle, y ya he dado mis razones para desear no hacerlo. Además...

35 Tipo de calzado utilizado en áreas rurales fabricado de forma artesanal, en madera y de una sola pieza.

—¿Por qué vacila usted?

—Existe una esfera que escapa hasta al más agudo y experimentado de los detectives.

—¿Quiere usted decir que se trata de algo sobrenatural?

—No lo he afirmado.

—No, pero es evidente que lo piensa.

—Desde que sucedió la tragedia, señor Holmes, han llegado a conocimiento mío varios incidentes difíciles de reconciliar con el orden natural.

—¿Por ejemplo?

—He descubierto que antes del terrible suceso varias personas vieron en el páramo a una criatura que coincide con el demonio de Baskerville y no es posible que se trate de ningún animal conocido por la ciencia. Todos describen a una enorme criatura, luminosa, horrible y espectral. He interrogado a esas personas, un campesino con gran sentido práctico, un herrero y un agricultor del páramo, y los tres cuentan la misma historia de una espantosa aparición, que se corresponde exactamente con el sabueso infernal de la leyenda. Le aseguro que se ha instaurado el reinado del terror en el distrito y que apenas hay nadie que cruce el páramo de noche.

—Y usted, un profesional de la ciencia, ¿cree que se trata de algo sobrenatural?

—Ya no sé qué creer.

Holmes se encogió de hombros.

—Hasta ahora he limitado mis investigaciones a este mundo —dijo—. Combato el mal dentro de mis modestas posibilidades, pero enfrentarse con el Padre del Mal en persona quizá sea una tarea demasiado ambiciosa. Usted admite, sin embargo, que las huellas son corpóreas.

—El primer sabueso era lo bastante corpóreo para desgarrar la garganta de un hombre sin dejar por ello de ser diabólico.

—Ya veo que se ha pasado usted con armas y bagajes al sobrenaturalismo. Pero dígame una cosa, doctor Mortimer, si es esa su opinión, ¿por qué ha venido a consultarme? Me dice usted que es inútil investigar la muerte de Sir Charles y al mismo tiempo quiere que lo haga.

—No he dicho que quiera que lo haga.

—En ese caso, ¿cómo puedo ayudarle?

—Aconsejándome sobre lo que debo hacer con Sir Henry Baskerville, que llega a la estación de Waterloo —el doctor Mortimer consultó su reloj— dentro de hora y cuarto exactamente.

—¿Es el heredero?

—Sí. Al morir Sir Charles hicimos indagaciones acerca de ese joven y se descubrió que se había consagrado a la agricultura en Canadá. De acuerdo con los informes que hemos recibido se trata de un excelente sujeto desde todos los puntos de vista. Ahora no hablo como médico sino en calidad de fideicomisario y albacea de Sir Charles.

—¿No hay ningún otro demandante, supongo?

—Ninguno. El único familiar que pudimos rastrear, además de él, fue Rodger Baskerville, el menor de los tres hermanos de los que Sir Charles era el de más edad. El segundo, que murió joven, era el padre de este muchacho, Henry. El tercero, Rodger, fue la oveja negra de la familia. Procedía de la vieja cepa autoritaria de los Baskerville y, según me han contado, era la viva imagen del retrato familiar del viejo Hugo. Su situación se complicó lo bastante como para tener que huir de Inglaterra y dar con sus huesos en América Central, donde murió de fiebre amarilla en 1876. Henry es el último de los Baskerville. Dentro de una hora y cinco minutos me reuniré con él en la estación de Waterloo. He sabido por un telegrama que llegaba esta mañana a Southampton. Y esa es mi pregunta, señor Holmes, ¿qué me aconseja que haga con él?

—¿Por qué tendría que renunciar a volver al hogar de sus mayores?

—Parece lo lógico, ¿no es cierto? Y, sin embargo, si se considera que todos los Baskerville que van allí son víctimas de un destino cruel, estoy seguro de que si hubiera podido hablar conmigo antes de morir, Sir Charles me habría recomendado que no trajera a ese lugar horrible al último vástago de una antigua raza heredero de una gran fortuna. No se puede negar, sin embargo, que la prosperidad de toda la zona, tan pobre y desolada, depende de su presencia. Todo lo bueno que ha hecho Sir Charles se vendrá abajo con estrépito si la mansión se queda vacía. Y ante el temor de dejarme llevar por mi evidente interés en el asunto, he decidido exponerle el caso y pedirle consejo.

Holmes reflexionó unos instantes.

—Dicho en pocas palabras, la cuestión es la siguiente: en opinión de usted existe un agente diabólico que hace de Dartmoor [36]una residencia peligrosa para un Baskerville, ¿no es eso?

—Al menos estoy dispuesto a afirmar que existen algunas pruebas en ese sentido.

—Exacto. Pero, indudablemente, si su teoría sobrenatural es correcta, el joven en cuestión está tan expuesto al imperio del mal en Londres como en Devonshire. Un demonio con un poder tan localizado como el de una junta parroquial sería demasiado inconcebible.

36 Región de tierra yerma (páramo) situada en el centro de Devon, Inglaterra.

—Plantea usted la cuestión, señor Holmes, con una ligereza a la que probablemente renunciaría si entrara en contacto personal con estas cosas. Su punto de vista, por lo que me alcanza, es que el joven Baskerville correrá en Devonshire los mismos peligros que en Londres. Llega dentro de cincuenta minutos. ¿Qué recomendaría usted?

—Lo que le recomiendo, señor mío, es que tome un coche, llame a su spaniel, que está arañando la puerta principal, y siga su camino hasta Waterloo para reunirse con Sir Henry Baskerville.

—¿Y después?

—Después no le dirá nada hasta que tome una decisión sobre este asunto.

—¿Cuánto tiempo necesitará?

—Veinticuatro horas. Le agradeceré mucho, doctor Mortimer, que mañana a las diez en punto de la mañana venga a visitarme. También será muy útil para mis planes futuros que traiga consigo a Sir Henry Baskerville.

—Así lo haré, señor Holmes.

Garabateó los detalles de la cita en el puño de la camisa y, con su manera distraída y un tanto peculiar de persona corta de vista, se apresuró a abandonar la habitación. Holmes, que recordó algo de pronto, logró detenerlo en el descansillo.

—Una última pregunta, doctor Mortimer. ¿Ha dicho usted que antes de la muerte de Sir Charles varias personas vieron esa aparición en el páramo?

—Tres exactamente.

—¿Se sabe de alguien que la haya visto después?

—No ha llegado a mis oídos.

—Muchas gracias. Buenos días.

Holmes regresó a su asiento con un gesto sereno de satisfacción interior del que podía deducirse que tenía delante una tarea que le agradaba.

—¿Va usted a salir, Watson?

—Únicamente si no puedo serle de ayuda.

—No, mi querido amigo, es en el momento de la acción cuando me dirijo a usted en busca de ayuda. Pero esto que acabamos de oír es espléndido, realmente único desde varios puntos de vista. Cuando pase por *Bradley's*, ¿será tan amable de pedirle que me envíe una libra[37] de la picadura[38] más fuerte que tenga? Muchas gracias. También le agradecería que organizara sus ocupaciones para no regresar antes de la noche. Para entonces me agradará mucho comparar impresiones acerca del interesantísimo problema que se ha presentado esta mañana a nuestra consideración.

Sabía que a Holmes le eran muy necesarios la reclusión y el aislamiento durante las horas de intensa concentración mental en las que sopesaba hasta los indicios más insignificantes y elaboraba diversas teorías que luego contrastaba para decidir qué puntos eran esenciales y cuáles carecían de importancia. De manera que pasé el día en mi club y no regresé a Baker Street[39] hasta la noche. Eran casi las nueve cuando abrí de nuevo la puerta de la sala de estar.

Mi primera impresión fue que se había declarado un incendio, porque había tanto humo en el cuarto que apenas se distinguía la luz de la lámpara situada sobre la mesa. Nada más entrar, sin

---

37 Moneda del Reino Unido, Dependencias de la Corona y de algunos territorios británicos de ultramar. Una libra se divide en cien peniques.

38 Picadura de tabaco.

39 El doctor Watson comparte habitaciones con Sherlock Holmes en el número 221B de la calle Baker, en la West End de Londres.

embargo, se disiparon mis temores, porque el picor que sentí en la garganta y que me obligó a toser procedía del humo acre de un tabaco muy fuerte y áspero. A través de la neblina tuve una vaga visión de Holmes en bata, hecho un ovillo en un sillón y con la pipa de arcilla negra entre los labios. A su alrededor había varios rollos de papel.

—¿Se ha resfriado, Watson?

—No, es esta atmósfera irrespirable.

—Supongo que está un poco cargada, ahora que usted lo menciona.

—¡Un poco cargada! Es intolerable.

—¡Abra la ventana entonces! Se ha pasado usted todo el día en el club, por lo que veo.

—¡Mi querido Holmes!

—¿Estoy en lo cierto?

—Desde luego, pero ¿cómo...?

A Holmes le hizo reír mi expresión de desconcierto.

—Hay en usted cierta agradable inocencia, Watson, que convierte en un placer el ejercicio, a costa suya, de mis modestas facultades de deducción. Un caballero sale de casa un día lluvioso en el que las calles se llenan de barro y regresa por la noche inmaculado, con el brillo del sombrero y de los zapatos todavía intactos. Eso significa que no se ha movido en todo el tiempo. No es un hombre que tenga amigos íntimos. ¿Dónde puede haber estado, por lo tanto? ¿No es evidente?

—Sí, bastante.

—El mundo está lleno de cosas evidentes en las que nadie se fija ni por casualidad. ¿Dónde se imagina usted que he estado yo?

—Tampoco se ha movido.

—Muy al contrario, porque he estado en Devonshire.

—¿En espíritu?

—Exactamente. Mi cuerpo se ha quedado en este sillón y, en mi ausencia, siento comprobarlo, ha consumido el contenido de dos cafeteras de buen tamaño y una increíble cantidad de tabaco. Después de que usted se marchara pedí que me enviaran de Stanford's un mapa oficial de esa parte del páramo y mi espíritu se ha pasado todo el día suspendido sobre él. Creo estar en condiciones de recorrerlo sin perderme.

—Un mapa a gran escala, supongo.

—A grandísima escala —Holmes procedió a desenrollar una sección, sosteniéndola sobre la rodilla—. Aquí tiene usted el distrito concreto que nos interesa. Es decir, con la mansión de los Baskerville en el centro.

—¿Y un bosque alrededor?

—Exactamente. Me imagino que el Paseo de los Tejos, aunque no está señalado con ese nombre, debe de extenderse a lo largo de esta línea, con el páramo, como puede usted ver a la derecha. Ese puñado de edificios es el caserío de Grimpen, donde tiene su sede nuestro amigo el doctor Mortimer. Advierta que en un radio de ocho kilómetros tan solo hay algunas casas desperdigadas. Aquí está la mansión Lafter, mencionada en el relato que leyó el doctor Mortimer. Esta indicación de una casa quizá señale la residencia del naturalista..., si no recuerdo mal su apellido era Stapleton. Aquí vemos dos granjas dentro del páramo, High Tor y Foulmire. Luego, a más de veinte kilómetros, la prisión de Princetown. Entre esos puntos desperdigados se extiende el páramo deshabitado y sin vida. Tal es, por lo tanto, el escenario donde se ha representado la tragedia y donde quizá contribuyamos a que se represente de nuevo.

—Debe de ser un lugar extraño.

—Sí, el decorado merece la pena. Si el diablo de verdad desea intervenir en los asuntos de los hombres...

—¿Se inclina usted entonces hacia la explicación sobrenatural?

—Los agentes del demonio pueden ser de carne y hueso, ¿no es cierto? Hay dos cuestiones que aclarar antes de nada. La primera es si se ha cometido algún delito; la segunda, ¿qué delito y cómo? Por supuesto, si la teoría del doctor Mortimer fuese correcta y tuviéramos que vérnoslas con fuerzas que desbordan las leyes ordinarias de la naturaleza, nuestra investigación moriría antes de empezar. Pero estamos obligados a agotar todas las demás hipótesis antes de recurrir a esa. Creo que podemos volver a cerrar esa ventana, si no tiene usted inconveniente. Es muy curioso, pero descubro que una atmósfera cargada contribuye a mantener una concentración mental. No lo he llevado hasta el extremo de meterme en una caja para pensar, pero ese sería el resultado lógico de mis convicciones. ¿También usted le ha dado vueltas al caso?

—Sí. He pensado mucho en ello durante todo el día.

—¿Ha llegado a alguna conclusión?

—Es muy desconcertante.

—Sin duda tiene unas características muy peculiares. Hay puntos muy sobresalientes. El cambio en la forma de las huellas, por ejemplo. ¿Qué opina usted de eso?

—Mortimer dijo que el difunto recorrió de puntillas aquella parte del paseo.

—El doctor se limitó a repetir lo que algún estúpido había dicho en la investigación. ¿Por qué tendría nadie que avanzar de puntillas paseo adelante?

—¿Qué sucedió entonces?

—Corría, Watson..., corría desesperadamente para salvar la vida. Corría hasta que le estalló el corazón y cayó muerto de bruces.

—Corría..., ¿alejándose de qué?

—Eso es lo que tenemos que averiguar. Hay indicios de que Sir Charles estaba ya obnubilado por el miedo antes de empezar a correr.

—¿Cómo lo sabe usted?

—Imagino que la causa de sus temores vino hacia él atravesando el páramo. Si es ese el caso, y parece lo más probable, solo un hombre que ha perdido la razón corre alejándose de la casa en lugar de regresar a ella. Si se puede dar crédito al testimonio del gitano, corrió pidiendo auxilio en la dirección de donde era menos probable que pudiera recibir ayuda. Por otra parte, ¿a quién estaba esperando aquella noche y por qué esperaba en el Paseo de los Tejos y no en la casa?

—¿Cree usted que esperaba a alguien?

—Sir Charles era un hombre enfermo y de edad avanzada. Es comprensible que diera un paseo a última hora pero, dada la humedad del suelo y la inclemencia de la noche, ¿es lógico pensar que se quedara quieto cinco o diez minutos, como dijo el doctor Mortimer, con más sentido práctico del que yo le hubiera atribuido y que dedujo gracias a la ceniza del cigarro puro?

—Pero salía todas las noches.

—Me parece improbable que se detuviera todas las noches junto al portillo. Sabemos, por el contrario, que tendía a evitar el páramo. Aquella noche esperó allí. Al día siguiente se disponía a salir para Londres. El asunto empieza a tomar forma, Watson. Se hace coherente. Si no le importa, páseme el violín y no volveremos a pensar en ello hasta que tengamos ocasión de reunirnos con el doctor Mortimer y con Sir Henry Baskerville mañana por la mañana.

IV

SIR HENRY BASKERVILLE

Terminamos pronto de desayunar y Holmes, en bata, esperó a que llegara el momento de la entrevista prometida. Nuestros clientes acudieron puntualmente a la cita. El reloj acababa de dar las diez cuando entró el doctor Mortimer, seguido del joven baronet[40], un hombre de unos treinta años, pequeño, despierto, de ojos negros, constitución robusta, espesas cejas negras y un rostro de rasgos enérgicos que reflejaban un carácter batallador. Vestía un traje de tweed de color rojizo y tenía la tez curtida de quien ha pasado mucho tiempo al aire libre, si bien había algo en la firmeza de su mirada y en la tranquila seguridad de sus modales que ponían de manifiesto su noble cuna.

—Sir Henry Baskerville —dijo el doctor Mortimer.

—A su disposición —dijo Sir Henry—, y lo más extraño, señor Holmes, es que si mi amigo, aquí presente, no me hubiera propuesto venir a verlo hoy por la mañana, habría venido por iniciativa propia. Según creo, resuelve usted pequeños rompecabezas y esta mañana me he encontrado con uno que requiere más sustancia gris de la que yo estoy en condiciones de consagrarle.

---

40 Título hereditario concedido por la Corona británica. Fue instaurada en Inglaterra e Irlanda por el rey Jacobo I en 1611, con el fin de poder aumentar sus ingresos.

—Haga el favor de tomar asiento, Sir Henry. ¿Si no entiendo mal ya ha tenido usted alguna experiencia notable desde su llegada a Londres?

—Nada de importancia, señor Holmes. Tan solo una broma, probablemente. Se trata de una carta, si es que se la puede llamar así, que he recibido esta mañana.

Sir Henry dejó un sobre en la mesa y todos nos inclinamos para verlo. Era de calidad corriente y color grisáceo. Las señas, «Sir Henry Baskerville, *Northumberland Hotel*», estaban escritas toscamente, en el matasellos se leía «Charing Cross» y la carta se había echado al correo la noche anterior.

—¿Quién sabía que fuese usted a alojarse en el *Northumberland Hotel*? —preguntó Holmes, mirando con gran interés a nuestro visitante.

—No lo sabía nadie. Lo decidí después de conocer al doctor Mortimer.

—Pero, sin duda, el doctor Mortimer se alojaba allí con anterioridad.

—No —dijo el doctor—. Estuve disfrutando de la hospitalidad de un amigo. No existía la menor indicación de que fuésemos a elegir ese hotel.

—¡Hummm! Alguien parece estar muy interesado en sus movimientos.

Holmes sacó del sobre medio pliego doblado en cuatro que procedió a abrir y extender sobre la mesa. Una sola frase, escrita por el procedimiento de pegar en el papel palabras impresas, ocupaba el centro de la hoja y decía lo siguiente:

«Si da usted valor a su vida o a su razón, se alejará del páramo».

Tan solo la palabra «páramo» estaba escrita a mano.

—Ahora —dijo Sir Henry Baskerville— quizá pueda usted decirme, señor Holmes, cuál es, por mil pares de demonios, el significado de todo esto y quién es la persona que se interesa tanto por mis asuntos.

—¿Qué opina usted, doctor Mortimer? Tendrá usted que reconocer, al menos, que no hay nada de sobrenatural en ello.

—No, desde luego, pero podría venir de alguien convencido de que existe una intervención sobrenatural.

—¿De qué están hablando? —preguntó Sir Henry con aspereza—. Tengo la impresión de que todos ustedes, caballeros, están más al tanto que yo de mis propios asuntos.

—Le haremos partícipe de todo lo que sabemos antes de que abandone esta habitación, Sir Henry, se lo prometo —dijo Sherlock Holmes—. Pero por el momento, con su permiso, nos ceñiremos a este documento tan interesante, que debe de haberse compuesto y echado al correo anoche. ¿Tiene usted el *Times*[41] de ayer, Watson?

—Está ahí en el rincón.

—¿Le importa acercármelo..., la tercera página, con los editoriales?

—Holmes examinó los artículos con rapidez, recorriendo las columnas de arriba abajo con la mirada—. Un editorial muy importante sobre la libertad de comercio. Permítanme que les lea un extracto. «Quizá lo engatusen a usted para que se imagine que su especialidad comercial o su industria se verán incentivadas mediante una tarifa protectora, pero si da en utilizar la razón comprenderá que, a la larga, esa legislación alejará del país

41 *The Times* es un periódico nacional publicado diariamente en el Reino Unido desde 1785.

mucha riqueza, disminuirá el valor de nuestras importaciones y empeorará las condiciones generales de vida en nuestras tierras.» ¿Qué le parece, Watson? —exclamó Holmes, con gran regocijo, frotándose las manos satisfecho—. ¿No cree usted que se trata de una opinión admirable?

El doctor Mortimer miró a Holmes con interés profesional y Sir Henry Baskerville volvió hacia mí unos ojos tan oscuros como desconcertados.

—No sé mucho sobre tarifas y cosas semejantes —dijo—, pero me parece que nos estamos apartando un poco de la cuestión.

—Pues opino, por el contrario, que la estamos siguiendo muy de cerca, Sir Henry. Watson, aquí presente, sabe más que usted acerca de mis métodos, pero me temo que tampoco él ha captado del todo la importancia de esta frase.

—No. Confieso que no veo la relación.

—Y, sin embargo, mi querido Watson, existe una conexión muy estrecha, dado que la primera está sacada de esta. «Usted», «su» «su», «vida», «razón», «valor», «alejará», «del». ¿Ve usted ahora de dónde se han tomado esas palabras?

—¡Por todos los demonios, tiene usted razón! ¡Que me desollen si no es de lo más ingenioso! —exclamó Sir Henry.

—Y por si quedara alguna duda, no hay más que ver cómo «alejará» y «del» están en el mismo recorte.

—Cierto, ¡así es!

—A decir verdad, señor Holmes, esto sobrepasa cualquier cosa que hubiera podido imaginar —dijo el doctor Mortimer, contemplando a mi amigo con asombro—. Entendería que alguien dijera que las palabras han salido de un periódico, pero precisar cuál y añadir que se trata del editorial, es una de las cosas más sorprendentes que he visto nunca. ¿Cómo lo ha hecho?

—Imagino, doctor, que usted distinguiría entre el cráneo de un negro y el de un esquimal.

—Sin duda.

—Pero, ¿cómo?

—Porque es mi pasatiempo favorito. Las diferencias son evidentes. El borde supraorbital, el ángulo facial, la curva del maxilar, el...

—Pues este es mi pasatiempo favorito y las diferencias también son evidentes. A mis ojos es tanta la diferencia entre el tipo de imprenta grande y bien espaciado de un artículo del *Times* y la impresión descuidada de un periódico de la tarde de medio penique[42] como la que pueda existir para usted entre sus negros y sus esquimales. La detección de caracteres de imprenta es una de las ramas más elementales del saber para el experto en delitos, aunque debo confesar que, en una ocasión, cuando era muy joven, confundí el *Leeds Mercury*[43] con el *Western Morning News*[44]. Pero un editorial del *Times* es inconfundible y esas palabras no se podían haber tomado de ningún otro sitio. Y puesto que se hizo ayer, era más que probable que las encontráramos donde las hemos encontrado.

—Hasta donde soy capaz de seguirle, señor Holmes —dijo Sir Henry Baskerville—, afirma usted que alguien cortó ese mensaje con unas tijeras...

—Tijeras para uñas —dijo Holmes—. Se puede ver que eran unas tijeras de hoja muy pequeña, ya que quien lo hizo tuvo que dar dos tijeretazos para «alejará del».

---

42 Valor de cambio monetario usado en el Reino Unido. Vale la centésima parte de una libra esterlina.

43 Periódico publicado en Leeds, West Yorkshire, Inglaterra entre 1718 y 1755 y nuevamente desde 1767 hasta 1861.

44 Periódico regional diario fundado en 1860 y que cubre el West Country, incluidos Devon, Cornwall, Isles of Scilly y partes de Somerset y Dorset en el suroeste de Inglaterra.

—Efectivamente. Alguien, entonces, recortó el mensaje con unas tijeras muy pequeñas, lo pegó con engrudo...

—Goma —dijo Holmes.

—Con goma en el papel. Pero me gustaría saber por qué tuvo que escribir la palabra «páramo».

—Porque el autor no la encontró en letra impresa. Las otras palabras eran sencillas y podían encontrarse en cualquier ejemplar del periódico, pero «páramo» es menos corriente.

—Claro, eso lo explica. ¿Ha descubierto usted algo más en ese mensaje, señor Holmes?

—Hay uno o dos indicios, aunque se ha hecho todo lo posible por eliminar cualquier pista. La dirección, si se fija usted, está escrita con letra muy tosca. *The Times*, sin embargo, es un periódico que prácticamente solo leen las personas con una educación superior. Podemos deducir, por consiguiente, que quien compuso la carta es una persona educada que ha querido hacerse pasar por inculta y que su preocupación por ocultar su letra sugiere que quizá alguno de ustedes la conozca o pueda llegar a conocerla. Fíjense, además, en que las palabras no están pegadas con precisión, sino unas mucho más altas que otras. «Vida», por ejemplo, se halla completamente fuera de su sitio. Eso puede indicar descuido o tal vez agitación y prisa. En conjunto me inclino por esto último, ya que se trata de un asunto a todas luces importante y no es probable que el redactor de la carta descuidara su tarea voluntariamente. Si es cierto que tenía prisa, surge la interesante pregunta de por qué tenía tanta prisa, dado que Sir Henry habría recibido antes de abandonar el hotel cualquier carta que se echara al correo por la mañana temprano. ¿Acaso temía su autor una interrupción y, en ese caso, de quién?

—Estamos entrando en el terreno de las conjeturas —dijo el doctor Mortimer.

—Digamos, más bien, en el terreno donde sopesamos posibilidades y elegimos la más probable. Es el uso científico de la imaginación, pero siempre tenemos una base material sobre la que apoyar nuestras especulaciones. Sin duda puede usted llamarlo conjetura, pero estoy casi seguro de que estas señas se han escrito en un hotel.

—¿Cómo demonios puede usted saberlo?

—Si las examina cuidadosamente descubrirá que tanto la pluma como la tinta han causado problemas a la persona que escribía. La pluma ha emborronado dos veces la misma palabra y se ha quedado seca tres veces en muy poco tiempo, lo que demuestra que había muy poca tinta en el tintero. Ahora bien, raras veces se permite que una pluma o un tintero personales lleguen a esa situación, y la combinación de las dos ha de ser bastante rara. Pero todos ustedes conocen las plumas y los tinteros de los hoteles, donde lo raro es encontrar otra cosa. Sí: afirmo casi sin lugar a duda que si pudiéramos examinar el contenido de las papeleras de los hoteles de los alrededores de Charing Cross hasta encontrar el resto del mutilado editorial del *Times* podríamos descubrir a la persona que envió este singular mensaje. ¡Vaya, vaya! ¿Qué es esto?

Sherlock Holmes estaba examinando cuidadosamente el medio pliego con las palabras pegadas, colocándoselo a pocos centímetros de los ojos.

—¿Y bien?

—Nada —respondió Holmes, dejándolo caer—. Es la mitad de un pliego totalmente en blanco, sin filigrana siquiera. Creo que hemos extraído toda la información posible de esta carta tan curiosa. Ahora, Sir Henry, ¿le ha sucedido alguna otra cosa de interés desde su llegada a Londres?

—No, señor Holmes, me parece que no.

—¿No ha observado que nadie lo siguiera o lo vigilara?

—Tengo la impresión de haberme convertido en personaje de novela barata —dijo nuestro visitante—. ¿Por qué demonios habría de vigilarme o de seguirme nadie?

—Estamos llegando a eso. ¿No tiene usted que informarnos de nada más antes de que hablemos de su viaje?

—Bueno, depende de lo que usted considere digno de mención.

—Creo que todo lo que se salga del curso ordinario de la vida es digno de mención.

Sir Henry sonrió.

—No sé aún mucho acerca de la vida británica, porque he pasado la mayor parte de mi existencia en los Estados Unidos y en Canadá. Pero supongo que tampoco aquí perder una bota es parte del curso ordinario de la vida.

—¿Ha perdido una bota?

—Mi querido señor —exclamó el doctor Mortimer—, tan solo se ha extraviado. Estoy seguro de que la encontrará a su regreso al hotel. ¿Qué sentido tiene molestar al señor Holmes con insignificancias como esa?

—Me ha preguntado por cualquier cosa que se saliera de lo corriente.

—Así es —intervino Holmes—, aunque el incidente pueda parecer completamente estúpido. ¿Dice usted que ha perdido una bota?

—Digamos, más bien, que se ha extraviado. Anoche dejé las dos fuera y solo había una por la mañana. No he conseguido sacar nada en claro del sujeto que las limpia. Y lo peor de todo es que las compré precisamente anoche en el *Strand*[45] y aún no las he estrenado.

—Si no se las había puesto, ¿por qué las dejó fuera para que se las limpiaran?

—Eran unas botas de cuero y estaban sin charolar[46]. Por eso las saqué.

—¿Tengo que entender entonces que al llegar ayer a Londres salió inmediatamente a la calle y se compró un par de botas?

—Compré muchas cosas. El doctor Mortimer, aquí presente, me acompañó. Compréndalo usted, si voy a ser un terrateniente destacado, he de vestirme en consonancia con mi categoría social y puede ser que haya vivido un poco descuidado en América. Compré, entre otras cosas, esas botas marrones (pagué seis dólares por ellas) y he conseguido que me roben una antes de estrenarlas.

—Parece un robo particularmente inútil —dijo Sherlock Holmes—. Confieso compartir la creencia del doctor Mortimer de que la bota aparecerá dentro de poco.

—Y ahora, caballeros —dijo el baronet con decisión— me parece que he hablado más que suficiente de lo poco que sé. Es hora de que cumplan ustedes su promesa y me den una información completa sobre el asunto que a todos nos ocupa.

—Su petición es muy razonable —respondió Holmes—. Doctor Mortimer, creo que lo mejor será que cuente usted la historia a Sir Henry tal como nos la contó a nosotros.

Al recibir aquel estímulo, nuestro amigo, el hombre de cien-

45 *The Strand* es una conocida calle en Westminster, Londres.
46 Abrillantar.

cia, sacó los papeles que llevaba en el bolsillo y presentó el caso como lo había hecho el día anterior. Sir Henry le escuchó con la más profunda atención y con alguna exclamación de sorpresa de cuando en cuando.

—Vaya, parece que me ha tocado en suerte algo más que una herencia —comentó, una vez terminada la larga narración—. Por supuesto, llevo oyendo hablar del sabueso desde mi infancia. Es la historia preferida de la familia, aunque hasta ahora nunca se me había ocurrido tomarla en serio. Pero, por lo que se refiere a la muerte de mi tío..., bueno, todo parece arremolinárseme en la cabeza y todavía no consigo verlo con claridad. Creo que aún no han decidido ustedes si hay que acudir a la policía o a un clérigo.

—Exactamente.

—Y ahora se añade el asunto de la carta que me han mandado al hotel. Supongo que eso encaja con lo demás.

—Parece indicar que hay alguien que sabe más que nosotros sobre lo que pasa en el páramo —dijo el doctor Mortimer.

—Y alguien además —añadió Holmes— que está bien dispuesto hacia usted, puesto que lo previene del peligro.

—O que quizá quiere asustarme en beneficio propio.

—Sí, por supuesto, también eso es posible. Estoy muy en deuda con usted, doctor Mortimer, por haberme presentado un problema que ofrece varias alternativas interesantes.

—Pero tenemos que resolver una cuestión práctica, Sir Henry: la de si es aconsejable que vaya usted a la mansión de los Baskerville.

—¿Por qué tendría que renunciar a hacerlo?

—Podría ser peligroso.

—¿Se refiere usted al peligro de ese demonio familiar o a la actuación de seres humanos?

—Bien. Eso es lo que tenemos que averiguar.

—En cualquiera de los dos casos, mi respuesta es la misma. No hay demonio en el infierno ni hombre sobre la faz de la tierra que me pueda impedir volver a la casa de mi familia y tenga usted la seguridad de que le doy mi respuesta definitiva —frunció el entrecejo mientras hablaba y su rostro enrojeció vivamente. No cabía duda de que el carácter fogoso de los Baskerville aún seguía vivo en el último retoño de la estirpe—. Por otra parte —continuó—, apenas he tenido tiempo de pensar sobre todo lo que me han contado ustedes. Es mucho pedir que una persona entienda y decida a la vez. Me gustaría disponer de una hora de tranquilidad. Vamos a ver, señor Holmes. Ahora son las once y media y voy a volver directamente a mi hotel. ¿Qué le parece si usted y su amigo, el doctor Watson, se reúnen a las dos con nosotros y almorzamos juntos? Para entonces estaré en condiciones de decirle con más claridad cómo veo las cosas.

—¿Tiene usted algún inconveniente, Watson?

—Ninguno.

—En ese caso cuenten con nosotros. ¿Debo llamar a un coche de alquiler?

—Prefiero andar, porque este asunto me ha puesto un poco nervioso.

—Y yo le acompañaré con mucho gusto —dijo el doctor Mortimer.

—En ese caso volveremos a reunirnos a las dos. ¡Hasta luego y buenos días!

Oímos los pasos de nuestros visitantes en la escalera y el ruido de la puerta de la calle al cerrarse. En un instante Holmes había dejado de ser el soñador lánguido para transformarse en el hombre de acción.

—¡Enseguida, Watson, póngase el sombrero y las botas! ¡Ni un momento que perder!

Holmes se dirigió a toda prisa hacia su cuarto para quitarse la bata y regresó a los pocos segundos con la levita puesta. Descendimos apresuradamente las escaleras y salimos a la calle. El doctor Mortimer y Baskerville eran todavía visibles a unos doscientos metros por delante de nosotros en dirección a Oxford Street.

—¿Quiere que corra y los alcance?

—Ni por lo más remoto, mi querido Watson. Su compañía me satisface plenamente, si a usted no le desagrada la mía. Nuestros amigos han acertado, porque sin duda es una mañana muy adecuada para pasear.

Sherlock Holmes aceleró la marcha hasta que la distancia que nos separaba quedó reducida a la mitad. Luego, siempre manteniéndonos unos cien metros por detrás, seguimos a Baskerville y a Mortimer por Oxford Street y después por Regent Street. En una ocasión nuestros amigos se detuvieron a mirar un escaparate y Holmes hizo lo mismo. Un instante después dejó escapar un leve grito de satisfacción y, al seguir la dirección de su mirada, vi que un cabriolé[47] de alquiler que se había detenido al otro lado de la calle reanudaba lentamente la marcha.

—¡Ahí está nuestro hombre, Watson! ¡Venga! Al menos tendremos ocasión de verlo, aunque no podamos hacer nada más.

En aquel momento me di cuenta de que una poblada barba negra y dos ojos muy penetrantes se habían vuelto hacia nosotros

47 Coche tirado por caballos, generalmente de dos ruedas, descapotable y que se conduce desde la parte exterior y posterior del vehículo.

por la ventanilla del coche de alquiler. Inmediatamente se alzó la trampilla del techo, el cochero recibió una orden a gritos y el vehículo salió disparado Regent Street adelante. Holmes buscó ansiosamente con la vista otro coche desocupado, pero no había ninguno. Luego echó a correr desesperadamente entre la corriente del tráfico, pero la ventaja era demasiado grande y muy pronto el cabriolé se perdió de vista.

—¡Qué contrariedad! —dijo Holmes con amargura al apartarse, jadeante y pálido de indignación, del flujo de vehículos—. ¿Ha existido nunca peor suerte y también mayor torpeza? Watson, Watson, si es usted honesto ¡tendrá que apuntar esto en el debe, contraponiéndolo a mis éxitos!

—¿Quién era ese individuo?

—No tengo la menor idea.

—¿Un espía?

—Por lo que hemos oído era evidente que a Baskerville lo han estado siguiendo muy de cerca desde que llegó a Londres. De lo contrario, ¿cómo habría podido saberse tan pronto que se alojaba en el *Northumberland*? Si lo habían seguido el primer día, era lógico que también lo siguieran el segundo. Quizá se percató usted de que me acerqué dos veces hasta la ventana mientras el doctor Mortimer leía el texto de la leyenda.

—Sí, lo recuerdo.

—Quería ver si alguien merodeaba por la calle, pero no he tenido éxito. Nos enfrentamos con un hombre inteligente, Watson. Se trata de un asunto muy serio y aunque no he decidido aún si estamos en contacto con un agente benévolo o perverso, constato siempre la presencia de inteligencia y decisión. Al marcharse nuestros amigos los seguí al instante con la esperanza de localizar a su invisible acompañante, pero nuestro hombre ha tenido la precaución de no trasladarse a pie sino utilizar un coche, lo que le permitía rezagarse o adelantarlos a toda velocidad y escapar así a su detección. Ese método tiene la ventaja adicional de que si hubieran tomado un coche ya estaba preparado para seguirlos. Pero tiene, sin embargo, una desventaja.

—Lo pone a merced del cochero.

—Exactamente.

—¡Es una lástima que no tomáramos el número!

—Mi querido Watson, aunque haya obrado con torpeza, no pensará usted seriamente que he olvidado ese pequeño detalle. Nuestro hombre es el 2704. Pero por el momento no nos sirve de nada.

—No veo qué más podría usted haber hecho.

—Al descubrir el coche de alquiler debería haber dado la vuelta y haberme alejado, para, a continuación, alquilar con toda calma un segundo cabriolé y seguir al primero a una distancia prudente o, mejor aún, trasladarme al hotel *Northumberland* y esperar allí. Después de que el desconocido hubiera seguido a Baskerville hasta su casa habríamos tenido la oportunidad de jugar a su mismo juego y ver a dónde se dirigía él. Pero, debido a una impaciencia indiscreta, de la que nuestro contrincante ha sabido aprovecharse con extraordinaria celeridad y energía, nos hemos traicionado y lo hemos perdido.

Durante esta conversación habíamos seguido avanzando lentamente por Regent Street y hacía tiempo que el doctor Mortimer y su acompañante se habían perdido de vista.

—No tiene objeto que continuemos —dijo Holmes—. La persona que los seguía se ha marchado y no reaparecerá. Hemos de ver si disponemos de otros triunfos y jugarlos con decisión. ¿Reconocería usted el rostro del hombre que iba en el cabriolé?

—Solo reconocería la barba.

—Lo mismo me sucede a mí, por lo que deduzco que, con toda probabilidad, era una barba postiza. Un hombre inteligente que lleva a cabo una misión tan delicada solo utiliza una barba para dificultar su identificación. ¡Venga conmigo, Watson!

Holmes entró en una de las oficinas de recaderos del distrito, donde el gerente lo recibió de manera muy afectuosa.

—Ya veo, Wilson, que no ha olvidado el caso en que tuve la buena fortuna de poder ayudarle.

—No, señor; le aseguro que no lo he olvidado. Salvó usted mi reputación y quizá también mi vida.

—Exagera usted, amigo mío. Si no recuerdo mal, cuenta usted entre sus empleados con un muchacho apellidado Cartwright, que mostró cierto talento durante nuestra investigación.

—Sí, señor. Todavía sigue con nosotros.

—¿Podría usted llamarlo? ¡Muchas gracias! Y también me gustaría que me cambiara este billete de cinco libras.

Un chico de catorce años, de rostro despierto y mirada inquisitiva, se presentó en respuesta a la llamada del encargado y se quedó mirando al famoso detective con aire reverente.

—Déjeme ver la guía de hoteles —dijo Holmes—. Muchas gracias. Vamos a ver, Cartwright, aquí tienes los nombres de veintitrés hoteles, todos en las inmediaciones de Charing Cross. ¿Los ves?

—Sí, señor.

—Vas a visitarlos todos, uno a uno.

—Sí, señor.

—Empezarás, en cada caso, por dar un chelín[48] al portero. Aquí tienes veintitrés chelines.

---

48 Moneda inglesa usada por primera vez en 1548 durante el reinado de Enrique VIII. Equivalía a la vigésima parte de una libra esterlina.

—Sí, señor.

—Le dirás que quieres ver el contenido de las papeleras que se vaciaron ayer. Dirás que se ha extraviado un telegrama importante y que lo estás buscando. ¿Entiendes?

—Sí, señor.

—Pero, en realidad, lo que vas a buscar es un ejemplar del *Times* de ayer en cuya página central se hayan hecho unos agujeros con tijeras. Aquí tienes el periódico. Esta es la página. La reconocerás fácilmente, ¿no es cierto?

—Sí, señor.

—El portero te mandará en cada caso al conserje, a quien también darás un chelín. Aquí tienes otros veintitrés chelines. Es posible que en veinte de los veintitrés hoteles los papeles desechados del día de ayer hayan sido quemados o eliminados. En los otros tres casos te mostrarán un montón de papel y buscarás en él esta página del *Times*. Las posibilidades en contra son elevadísimas. Aquí tienes diez chelines más para una emergencia. Mándame un informe por telégrafo a Baker Street antes de la noche. Y ahora, Watson, solo nos queda descubrir mediante el telégrafo la identidad de nuestro cochero, el número 2704. Luego pasaremos por una de las galerías de Bond Street y ocuparemos el tiempo viendo cuadros hasta el momento de nuestra cita en el hotel.

V

TRES CABOS ROTOS

Sherlock Holmes poseía, de manera muy notable, la capacidad de desentenderse a voluntad. Por espacio de dos horas pareció olvidarse del extraño asunto que nos tenía ocupados para consagrarse por entero a los cuadros de los modernos maestros belgas. Y desde que salimos de la galería hasta que llegamos al hotel *Northumberland* habló exclusivamente de arte, tema sobre el que tenía ideas muy elementales.

—Sir Henry Baskerville los espera en su habitación —dijo el recepcionista—. Me ha pedido que les hiciera subir en cuanto llegaran.

—¿Tiene inconveniente en que consulte su registro? —dijo Holmes.

—Ninguno.

En el registro aparecían dos entradas después de la de Baskerville: Theophilus Johnson y familia, de Newcastle, y la señora Oldmore con su doncella, de High Lodge, Alton.

—Sin duda este Johnson es un viejo conocido mío —le dijo Holmes al conserje—. ¿No se trata de un abogado, de cabello gris, con una leve cojera?

—No, señor. Se trata del señor Johnson, propietario de minas de carbón, un caballero muy activo, no mayor que usted.

—¿Está seguro de no equivocarse sobre su ocupación?

—No, señor. Viene a este hotel desde hace muchos años y lo conocemos muy bien.

—En ese caso no hay más que hablar. Pero..., señora Oldmore; también me parece recordar ese apellido. Perdone mi curiosidad, pero, con frecuencia, al ir a visitar a un amigo se encuentra a otro.

—Es una dama enferma, señor. Su esposo fue en otro tiempo alcalde de Gloucester. Siempre se aloja en nuestro hotel cuando viene a Londres.

—Muchas gracias. Me temo que no tengo el honor de conocerla. Hemos obtenido un dato muy importante con esas preguntas, Watson —continuó Holmes, en voz baja, mientras subíamos juntos la escalera—. Sabemos que las personas que sienten tanto interés por nuestro amigo no se alojan aquí. Eso significa que si bien, como hemos visto, están ansiosos de vigilarlo, les preocupa igualmente que Sir Henry pueda verlos. Y eso es un hecho muy sugerente.

—¿Qué es lo que sugiere?

—Sugiere... ¡vaya! ¿Qué le sucede, mi querido amigo?

Al terminar de subir la escalera nos tropezamos con Sir Henry Baskerville en persona, con el rostro encendido por la indignación y empuñando una bota muy usada y polvorienta. Estaba tan furioso que apenas se le entendía y cuando por fin habló con claridad lo hizo con un acento americano mucho más marcado del que había utilizado por la mañana.

—Me parece que me han tomado por tonto en este hotel —exclamó—. Pero como no tengan cuidado descubrirán muy pronto que donde las dan las toman. Por todos los demonios, si ese tipo no encuentra la bota que me falta, aquí va a haber más que palabras. Sé aceptar una broma como el que más, señor Holmes, pero esto ya pasa de castaño oscuro.

—¿Aún sigue buscando la bota?

—Así es, y estoy decidido a encontrarla.

—Pero, ¿no dijo usted que era una bota nueva de color marrón?

—Así era, señor mío. Y ahora se trata de otra negra y vieja.

—¡Cómo! ¿Quiere usted decir...?

—Eso es exactamente lo que quiero decir. Solo tenía tres pares..., las marrones nuevas, las negras viejas y los zapatos de charol, que son los que llevo puestos. Anoche se llevaron una marrón y hoy me ha desaparecido una negra. Veamos, ¿la ha encontrado usted? ¡Hable, caramba, y no se me quede mirando!

Había aparecido en escena un camarero alemán presa de gran nerviosismo.

—No, señor. He preguntado por todo el hotel, pero nadie sabe nada.

—Pues o aparece la bota antes de que se ponga el sol o iré a ver al gerente para decirle que me marcho inmediatamente del hotel.

—Aparecerá, señor..., le prometo que si tiene usted un poco de paciencia la encontraremos.

—No se le olvide, porque es lo último que voy a perder en esta guarida de ladrones. Perdone, señor Holmes, que le moleste por algo tan insignificante...

—Creo que está justificado preocuparse.

—Veo que le parece un asunto serio.

—¿Cómo lo explica usted?

—No trato de explicarlo. Me parece la cosa más absurda y más extraña que me ha sucedido nunca.

—La más extraña, quizá —dijo Holmes pensativo.

—¿Cuál es su opinión?

—No pretendo entenderlo todavía. Este caso suyo es muy complicado, Sir Henry. Cuando lo relaciono con la muerte de su tío dudo de que entre los quinientos casos de importancia capital con que me he enfrentado hasta ahora haya habido alguno que presentara más dificultades. Disponemos de varias pistas y es probable que una u otra nos lleve hasta la verdad. Quizá perdamos tiempo siguiendo una falsa, pero, más pronto o más tarde, daremos con la correcta.

El almuerzo fue muy agradable, aunque en su transcurso apenas se dijo nada del asunto que nos había reunido. Tan solo cuando nos retiramos a una sala de estar privada Holmes preguntó a Baskerville cuáles eran sus intenciones.

—Trasladarme a la mansión de los Baskerville.

—Y, ¿cuándo?

—A finales de semana.

—Creo que, en conjunto —dijo Holmes—, su decisión es acertada. Tengo suficientes pruebas de que está usted siendo seguido en Londres y entre los millones de habitantes de esta gran ciudad es difícil descubrir quiénes son esas personas y cuál pueda ser su propósito. Si su intención es hacer el mal pueden darle un disgusto y no estaríamos en condiciones de impedirlo. ¿Sabía usted, doctor Mortimer, que alguien los seguía esta mañana al salir de mi casa?

El doctor Mortimer tuvo un violento sobresalto.

—¡Seguidos! ¿Por quién?

—Eso es lo que, desgraciadamente, no puedo decirles. Entre sus vecinos o conocidos de Dartmoor, ¿hay alguien de pelo negro que se deje la barba?

—No..., espere, déjeme pensar..., sí, claro, Barrymore, el mayordomo de Sir Charles, es un hombre muy moreno, con barba.

—¡Ajá! ¿Dónde está Barrymore?

—Tiene a su cargo la mansión de los Baskerville.

—Será mejor que nos aseguremos de que sigue allí o de si, por el contrario, ha tenido ocasión de trasladarse a Londres.

—¿Cómo puede usted averiguarlo?

—Déme un impreso para telegramas. «¿Está todo listo para Sir Henry?» Eso bastará. Dirigido al señor Barrymore, mansión de los Baskerville. ¿Cuál es la oficina de telégrafos más próxima? Grimpen. De acuerdo, enviaremos un segundo cable al jefe de correos de Grimpen: «Telegrama para entregar en mano al señor Barrymore. Si está ausente, devolver por favor a Sir Henry Baskerville, hotel *Northumberland*». Eso deberá permitirnos saber antes de la noche si Barrymore está en su puesto o se ha ausentado.

—Asunto resuelto —dijo Baskerville—. Por cierto, doctor Mortimer, ¿quién es ese Barrymore, de todas formas?

—Es el hijo del antiguo guarda, que ya murió. Los Barrymore llevan cuatro generaciones cuidando de la mansión. Hasta donde sé, él y su mujer forman una pareja tan respetable como cualquiera del condado.

—Al mismo tiempo —dijo Baskerville—, está bastante claro que mientras en la mansión no haya nadie de mi familia esas personas disfrutan de un excelente hogar y carecen de obligaciones.

—Eso es cierto.

—¿Dejó Sir Charles algo a los Barrymore en su testamento? —preguntó Holmes.

—Él y su mujer recibieron quinientas libras cada uno.

—¡Ah! ¿Estaban al corriente de que iban a recibir esa cantidad?

—Sí. Sir Charles era muy aficionado a hablar de las disposiciones de su testamento.

—Eso es muy interesante.

—Espero —dijo el doctor— que no considere usted sospechosas a todas las personas que han recibido un legado de Sir Charles, porque también a mí me dejó mil libras.

—¡Vaya! ¿Y a alguien más?

—Hubo muchas sumas insignificantes para otras personas y también se atendió a un gran número de obras de caridad. Todo lo demás queda para Sir Henry.

—¿Y a cuánto ascendía lo demás?

—Setecientas cuarenta mil libras.

Holmes alzó las cejas sorprendido.

—Ignoraba que se tratase de una suma tan enorme —dijo.

—Se daba por sentado que Sir Charles era rico, pero solo hemos sabido hasta qué punto al inventariar sus valores. La herencia ascendía en total a casi un millón.

—¡Cielo santo! Por esa apuesta se puede intentar una jugada desesperada. Y una pregunta más, doctor Mortimer. Si le sucediera algo a nuestro joven amigo aquí presente, perdóneme esta hipótesis tan desagradable, ¿quién heredaría la fortuna de Sir Charles?

—Dado que Rodger Baskerville, el hermano pequeño, murió soltero, la herencia pasaría a los Desmond, que son primos lejanos. James Desmond es un clérigo de avanzada edad que vive en Westmorland.

—Muchas gracias. Todos estos detalles son de gran interés. ¿Conoce usted al señor James Desmond?

—Sí. En una ocasión vino a visitar a Sir Charles. Es un hombre de aspecto venerable y de vida íntegra. Recuerdo que, a pesar de la insistencia de Sir Charles, se negó a aceptar la asignación que le ofrecía.

—Y ese hombre de gustos sencillos, ¿sería el heredero de la fortuna?

—Heredaría la propiedad, porque está vinculada. Y también heredaría el dinero a no ser que el actual propietario que, como es lógico, puede hacer lo que quiera con él, le diera otro destino en su testamento.

—¿Ha hecho usted testamento, Sir Henry?

—No, señor Holmes, no lo he hecho. No he tenido tiempo, porque solo desde ayer estoy al corriente de todo. Pero, en cualquier caso, creo que el dinero no debe separarse ni del título ni de la propiedad. Esa era la idea de mi pobre tío. ¿Cómo sería posible restaurar el esplendor de los Baskerville si no se dispone del dinero necesario para mantener la propiedad? La casa, la tierra y el dinero deben ir juntos.

—Así es. Bien, Sir Henry. Estoy completamente de acuerdo con usted en cuanto a la conveniencia de que se traslade sin tardanza a Devonshire. Pero hay una medida que debo tomar. En ningún caso puede usted ir solo.

—El doctor Mortimer regresa conmigo.

—Pero el doctor Mortimer tiene que atender a sus pacientes y su casa está a varios kilómetros de la de usted. Hasta con la mejor voluntad del mundo puede no estar en condiciones de ayudarle. No, Sir Henry. Tiene usted que llevar consigo a alguien de confianza que permanezca constantemente a su lado.

—¿Existe la posibilidad de que venga usted conmigo, señor Holmes?

—Si llegara a producirse una crisis, me esforzaría por estar presente, pero sin duda entenderá usted perfectamente que, dada la amplitud de mi clientela y las constantes peticiones de ayuda que me llegan de todas partes, me resulte imposible ausentarme de Londres por tiempo indefinido. En el momento actual uno de los apellidos más respetados de Inglaterra está siendo mancillado por un chantajista y únicamente yo puedo impedir un escándalo desastroso. Comprenderá usted lo imposible que me resulta trasladarme a Dartmoor.

—Entonces, ¿a quién recomendaría usted?

Holmes me puso la mano en el brazo.

—Si mi amigo está dispuesto a acompañarle, no hay persona que resulte más útil en una situación difícil. Nadie lo puede decir con más seguridad que yo.

Aquella propuesta fue una sorpresa total para mí pero, antes de que pudiera responder, Baskerville me tomó la mano y la estrechó cordialmente.

—Vaya, doctor Watson, es usted muy amable —dijo—. Ya ve la clase de persona que soy y sabe de este asunto tanto como yo. Si viene conmigo a la mansión de los Baskerville y me ayuda a salir del apuro no lo olvidaré nunca.

Siempre me ha fascinado la posibilidad de una aventura y me sentía además halagado por las palabras de Holmes y por el entusiasmo con que el baronet me había aceptado por compañero.

—Iré con mucho gusto —dije—. No creo que pudiera emplear mi tiempo de mejor manera.

—También se ocupará usted de informarme con toda precisión —dijo Holmes—. Cuando se produzca una crisis, como sin duda sucederá, le indicaré lo que tiene que hacer. ¿Estarán ustedes listos para el sábado?

—¿Le convendrá ese día al doctor Watson?

—No hay ningún problema.

—En ese caso, y si no tiene usted noticias en contra, el sábado nos reuniremos en Paddington para tomar el tren de las 10:30.

Nos habíamos levantado para marcharnos cuando Baskerville lanzó un grito de triunfo y, lanzándose hacia uno de los rincones de la habitación, sacó una bota marrón de debajo de un armario.

—¡La bota que me faltaba! —exclamó.

—¡Ojalá todas nuestras dificultades desaparezcan tan fácilmente! —dijo Sherlock Holmes.

—Resulta muy extraño de todas formas —señaló el doctor Mortimer—. Registré cuidadosamente la habitación antes del almuerzo.

—Y yo hice lo mismo —añadió Baskerville—. Centímetro a centímetro. No había ninguna bota.

—En ese caso tiene que haberla colocado ahí el camarero mientras almorzábamos.

Se llamó al alemán, quien aseguró no saber nada de aquel asunto, y el mismo resultado negativo dieron otras pesquisas. Se había añadido un elemento más a la serie constante de pequeños misterios —en apariencia sin sentido— que se sucedían unos a otros con gran rapidez. Dejando a un lado la macabra historia de la muerte de Sir Charles, contábamos con una cadena de incidentes inexplicables —todos en el espacio de cuarenta y ocho horas— entre los que figuraban la recepción de la carta confeccionada con recortes de periódico, el espía de barba negra en el cabriolé, la desaparición de la bota marrón recién comprada, la de la vieja bota negra y ahora la reaparición de la nueva. Holmes guardó silencio en el coche de caballos mientras regresábamos a Baker Street y sus cejas fruncidas y la intensidad de su expresión me hacían saber que su mente, como la mía, estaba ocupada tratando de encontrar una explicación que permitiera encajar todos aquellos extraños episodios sin conexión aparente. De vuelta a casa permaneció toda la tarde y hasta bien entrada la noche sumergido en el tabaco y en sus pensamientos.

Poco antes de la cena llegaron dos telegramas. El primero decía así:

«Acabo de saber que Barrymore está en la mansión.

BASKERVILLE.»

Y el segundo:

«Veintitrés hoteles visitados siguiendo instrucciones, pero lamento informar ha sido imposible encontrar hoja cortada del *Times*.

CARTWRIGHT.»

—Dos de mis pistas que se desvanecen, Watson. No hay nada tan estimulante como un caso en el que todo se pone en contra. Hemos de seguir buscando.

—Aún nos queda el cochero que transportaba al espía.

—Exactamente. He mandado un telegrama al registro oficial para que nos facilite su nombre y dirección. No me sorprendería que esto fuera una respuesta a mi pregunta.

La llamada al timbre de la casa resultó, sin embargo, más satisfactoria aún que una respuesta, porque se abrió la puerta y entró un individuo de aspecto tosco que era evidentemente el cochero en persona.

—La oficina central me ha hecho saber que un caballero que vive aquí ha preguntado por el 2704 —dijo—. Llevo siete años conduciendo el cabriolé y no he tenido nunca la menor queja. Vengo directamente del depósito para preguntarle cara a cara qué es lo que tiene contra mí.

—No tengo nada contra usted, buen hombre —dijo mi amigo—. Estoy dispuesto, por el contrario, a darle medio soberano si contesta con claridad a mis preguntas.

—Bueno, la verdad es que hoy he tenido un buen día, ¡ya lo creo que sí! —dijo el cochero con una sonrisa—. ¿Qué quiere usted preguntarme, caballero?

—Antes de nada su nombre y dirección, por si volviera a necesitarle.

—John Clayton, del número 3 de Turpey Street, en el Borough. Encierro el cabriolé en el depósito Shipley, cerca de la estación de Waterloo.

Sherlock Holmes tomó nota.

—Vamos a ver, Clayton, cuénteme todo lo que sepa acerca del cliente que estuvo vigilando esta casa a las diez de la mañana y siguió después a dos caballeros por Regent Street.

El cochero pareció sorprendido y un tanto avergonzado.

—Vaya, no voy a poder decirle gran cosa, porque al parecer ya sabe usted tanto como yo —respondió—. La verdad es que aquel señor me dijo que era detective y que no dijera nada a nadie acerca de él.

—Se trata de un asunto muy grave, buen hombre, y quizá se encontraría usted en una situación muy difícil si tratase de ocultarme algo. ¿El cliente le dijo que era detective?

—Sí, señor, eso fue lo que dijo.

—¿Cuándo se lo dijo?

—Al marcharse.

—¿Dijo algo más?

—Me dijo cómo se llamaba.

Holmes me lanzó una rápida mirada de triunfo.

—¿De manera que le dijo cómo se llamaba? Eso fue una imprudencia. Y, ¿cuál era su nombre?

—Dijo llamarse Sherlock Holmes.

Nunca he visto a mi amigo tan sorprendido como ante la respuesta del cochero. Por un instante el asombro le dejó sin palabras. Luego lanzó una carcajada:

—¡Tocado, Watson! ¡Tocado, sin duda! —dijo—. Advierto la presencia de un florete tan rápido y flexible como el mío. En esta ocasión ha conseguido un blanco excelente. De manera que se llamaba Holmes, ¿no es eso?

—Sí, señor, eso me dijo.

—¡Magnífico! Cuénteme dónde lo recogió y todo lo que pasó.

—Me paró a las nueve y media en Trafalgar Square. Dijo que era detective y me ofreció dos guineas[49] si seguía exactamente sus instrucciones durante todo el día y no hacía preguntas. Acepté con mucho gusto. Primero nos dirigimos al hotel *Northumberland* y esperamos allí hasta que salieron dos caballeros y alquilaron un coche de la fila que esperaba delante de la puerta. Lo seguimos hasta que se paró en un sitio cerca de aquí.

—Esta misma puerta —dijo Holmes.

—Bueno, eso no lo sé con certeza, pero aseguraría que mi cliente conocía muy bien el sitio. Nos detuvimos a cierta distancia y esperamos durante hora y media. Luego los dos caballeros pasaron a nuestro lado a pie y los fuimos siguiendo por Baker Street y a lo largo de...

—Eso ya lo sé —dijo Holmes.

—Hasta recorrer las tres cuartas partes de Regent Street. Entonces mi cliente levantó la trampilla y gritó que me dirigiera a la estación de Waterloo lo más deprisa que pudiera. Fustigué a la yegua y llegamos en menos de diez minutos. Después me pagó las dos guineas, como había prometido y entró en la estación. Pero en el momento de marcharse se dio la vuelta y dijo: «Quizá

49 Moneda de oro que se utilizó en Reino Unido, antes de que adoptase el sistema decimal en 1971. Equivalía a 21 chelines.

le interese saber que ha estado llevando al señor Sherlock Holmes». De esa manera supe cómo se llamaba.

—Entiendo. ¿Y no volvió a verlo?

—No, una vez que entró en la estación.

—Y, ¿cómo describiría usted al señor Sherlock Holmes?

El cochero se rascó la cabeza.

—Bueno, a decir verdad no era un caballero fácil de describir. Unos cuarenta años de edad y estatura media, cuatro o seis centímetros más bajo que usted. Iba vestido como un dandi, llevaba barba, muy negra, cortada en recto por abajo, y tenía la tez pálida. Me parece que eso es todo lo que recuerdo.

—¿Color de los ojos?

—No. Eso no lo sé.

—¿No recuerda usted nada más?

—No, señor. Nada más.

—Bien. En ese caso aquí tiene su medio soberano[50]. Hay otro esperándole si me trae alguna información más. ¡Buenas noches!

—Buenas noches, señor, y ¡muchas gracias!

John Clayton se marchó riendo entre dientes y Holmes se volvió hacia mí con un encogimiento de hombros y una sonrisa de tristeza.

—Se ha roto nuestro tercer cabo y hemos terminado donde empezamos —dijo—. Ese astuto granuja sabía el número de nuestra casa, sabía que Sir Henry Baskerville había venido a verme, me reconoció en Regent Street, supuso que me había fijado en el número del cabriolé y que acabaría por localizar al cochero, y decidió enviarme ese mensaje impertinente. Se lo aseguro,

---

50 Moneda de oro emitida regularmente por Reino Unido, cuyo valor nominal es de una libra esterlina o 20 chelines, pero desde hace décadas es concebido como moneda de reserva.

Watson, esta vez nos hemos tropezado con un adversario digno de nuestro acero. Me han dado jaque mate en Londres. Solo me cabe desearle que tenga usted mejor suerte en Devonshire. Pero reconozco que no estoy tranquilo.

—¿No está tranquilo?

—No me gusta enviarlo a usted. Es un asunto muy feo, Watson, un asunto muy feo y peligroso, y cuanto más sé de él menos me gusta. Sí, mi querido amigo, ríase usted, pero le doy mi palabra de que me alegraré mucho de tenerlo otra vez sano y salvo en Baker Street.

VI

La mansión de los Baskerville

El día señalado Sir Henry Baskerville y el doctor Mortimer estaban listos para emprender el viaje y, tal como habíamos convenido, salimos los tres camino de Devonshire. Sherlock Holmes me acompañó a la estación y antes de partir me dio las últimas instrucciones y consejos.

—No quiero influir sobre usted sugiriéndole teorías o sospechas, Watson. Limítese a informarme de los hechos de la manera más completa posible y deje para mí las teorías.

—¿Qué clase de hechos? —pregunté yo.

—Cualquier cosa que pueda tener relación con el caso, por indirecta que sea, y sobre todo las relaciones del joven Baskerville con sus vecinos, o cualquier elemento nuevo relativo a la muerte de Sir Charles. Por mi parte he hecho algunas investigaciones en los últimos días, pero mucho me temo que los resultados habían sido negativos. Tan solo una cosa parece cierta y es que el señor James Desmond, el próximo heredero, es un caballero virtuoso de edad avanzada, por lo que no cabe pensar en él como responsable de esta persecución. Creo sinceramente que podemos eliminarlo de nuestros sospechosos. Nos quedan las personas que en el momento presente conviven con Sir Henry en el páramo.

—¿No habría que librarse en primer lugar del matrimonio Barrymore?

—No, no. Eso sería un error imperdonable. Si son inocentes cometeríamos una gran injusticia y si son culpables estaríamos renunciando a toda posibilidad de demostrarlo. No, no. Los conservaremos en nuestra lista de sospechosos. Hay además un mozo de cuadra en la mansión, si no recuerdo mal. Tampoco debemos olvidar a los dos granjeros que cultivan las tierras del páramo. Viene a continuación nuestro amigo el doctor Mortimer, de cuya honradez estoy convencido, y su esposa, de quien nada sabemos. Hay que añadir a Stapleton, el naturalista, y a su hermana quien, según se dice, es una joven muy atractiva. Luego está el señor Frankland de la mansión Lafter, que también es un factor desconocido, y uno o dos vecinos más. Esas son las personas que han de ser para usted objeto muy especial de estudio.

—Haré todo lo que esté en mi mano.

—¿Lleva usted algún arma?

—Sí, he pensado que sería conveniente.

—Sin duda alguna. No se aleje de su revólver ni de día ni de noche y manténgase alerta en todo momento.

Nuestros amigos ya habían reservado asientos en un vagón de primera clase y nos esperaban en el andén.

—No. No disponemos de ninguna nueva información —dijo el doctor Mortimer en respuesta a las preguntas de Holmes—. De una cosa estoy seguro y es que no nos han seguido durante los dos últimos días. No hemos salido nunca sin mantener una estrecha vigilancia y nadie nos hubiera pasado inadvertido.

—Espero que hayan permanecido siempre juntos.

—Excepto ayer por la tarde. Suelo dedicar un día a la diversión cuando vengo a Londres, de manera que pasé la tarde en el museo del Colegio de Cirujanos.

—Y yo fui a pasear por el parque y a ver a la gente —dijo Baskerville—. Pero no tuvimos problemas de ninguna clase.

—Fue una imprudencia de todas formas —dijo Holmes, moviendo la cabeza y poniéndose muy serio—. Le ruego, Sir Henry, que no vaya solo a ningún sitio. Le puede suceder una gran desgracia si lo hace. ¿Recuperó usted la otra bota?

—No, señor. Ha desaparecido definitivamente.

—Vaya, vaya. Eso es muy interesante. Bien, hasta la vista —añadió mientras el tren empezaba a deslizarse—. Recuerde, Sir Henry, una de las frases de aquella extraña leyenda antigua que nos leyó el doctor Mortimer y evite el páramo en las horas de oscuridad, cuando se intensifican los poderes del mal.

Volví la vista hacia el andén unos segundos más tarde y comprobé que aún seguía allí la figura alta y austera de Holmes, todavía inmóvil, que continuaba mirándonos.

El viaje fue rápido y agradable y lo empleé en conocer mejor a mis dos acompañantes y en jugar con el spaniel del doctor Mortimer. En pocas horas la tierra parda se convirtió en rojiza, el ladrillo se transformó en granito y aparecieron vacas rojizas que pastaban en campos bien cercados donde la exuberante hierba y la vegetación más frondosa daban testimonio de un clima más fértil, aunque también más húmedo. El joven Baskerville miraba con gran interés por la ventanilla y lanzó exclamaciones de alegría al reconocer los rasgos familiares del paisaje de Devon.

—He visitado buena parte del mundo desde que salí de Inglaterra, doctor Watson —dijo—, pero nunca he encontrado lugar alguno que se pueda comparar con estas tierras.

—No conozco ningún natural de Devonshire que reniegue de su condado —hice notar.

—Depende de la raza tanto como del condado —intervino el doctor Mortimer—. Una simple mirada a nuestro amigo permite apreciar de inmediato la cabeza redonda de los celtas, que se traduce en el entusiasmo céltico y en la capacidad de afecto. La cabeza del pobre Sir Charles pertenecía a un tipo muy raro, mitad gaélica[51], mitad irlandesa en sus características. Pero usted era muy joven cuando vio por última vez la mansión de los Baskerville, ¿no es eso?

—No era más que un adolescente cuando murió mi padre y no vi nunca la mansión, porque vivíamos en un pequeño chalé[52] de la costa sur. De allí fui directamente a vivir con un amigo norteamericano. Le aseguro que todo esto es tan nuevo para mí como para el doctor Watson y ardo en deseos de ver el páramo.

—¿Es eso cierto? Pues ya tiene usted su meta al alcance de la mano, porque se divisa desde aquí —dijo el doctor Mortimer, señalando hacia el paisaje.

Por encima de los verdes cuadrados de los campos y de la curva de un bosque, se alzaba a lo lejos una colina gris y melancólica, con una extraña cumbre dentada, borrosa y vaga en la distancia, semejante al paisaje fantástico de un sueño. Baskerville permaneció inmóvil mucho tiempo, con los ojos fijos en ella, y supe por la expresión de su rostro lo mucho que significaba para él ver por primera vez aquel extraño lugar que los hombres de su sangre habían dominado durante tanto tiempo y en el que habían dejado una huella tan profunda. A pesar de su traje de

51 Los gaélicos son un grupo etno-lingüístico nativo de Europa noroccidental. La cultura y lengua gaélicas se originaron en Irlanda, extendiéndose a Escocia occidental.

52 Un chalé (del francés, *chalet*) es un edificio de vivienda unifamiliar, con terreno sin construir —como un jardín o un patio adyacente— pero sin patio interior entre las habitaciones.

tweed[53], de su acento americano y de viajar en un vulgar vagón de ferrocarril, sentí más que nunca, al contemplar su rostro, moreno y expresivo, que era un auténtico descendiente de aquella larga sucesión de hombres de sangre ardiente, tan fogosos como autoritarios. Las cejas espesas, las delicadas ventanas de la nariz y los grandes ojos de color avellana daban fe de su orgullo, de su valor y de su fortaleza. Si en aquel páramo inhóspito nos esperaba una empresa difícil y peligrosa, contaba al menos con un compañero por quien se podía aceptar un riesgo con la seguridad de que lo compartiría con valor.

El tren se detuvo en una pequeña estación junto a la carretera y allí descendimos. Fuera, más allá de una cerca blanca de poca altura, esperaba una calesa tirada por dos jacos[54]. Nuestra llegada suponía sin duda todo un acontecimiento, porque el jefe de estación y los mozos de cuerda se agruparon a nuestro alrededor para llevarnos el equipaje. Era un lugar sencillo y agradable, pero me sorprendió observar la presencia junto al portillo de dos hombres de aspecto militar con uniforme oscuro que se apoyaban en sus rifles y que nos miraron con mucho interés cuando pasamos. El cochero, un hombrecillo de facciones duras y manos ásperas, saludó a Sir Henry y pocos minutos después volábamos por la amplia carretera blanca. Ondulantes tierras de pastos ascendían a ambos lados y viejas casas con gabletes asomaban entre la densa vegetación, pero detrás del campo tranquilo e iluminado por el sol se elevaba siempre, oscura contra el cielo del atardecer, la larga y melancólica curva del páramo, interrumpida por colinas dentadas y siniestras.

---

53 Tejido de lana áspera, cálido y resistente, originario de Escocia.
54 Caballo pequeño y de mal aspecto.

La calesa se desvió por una carretera lateral y empezamos a ascender por caminos muy hundidos, desgastados por siglos de ruedas, con taludes[55] muy altos a los lados, cubiertos de musgo húmedo y carnosas lenguas de ciervo. Helechos bronceados y zarzas resplandecían bajo la luz del sol poniente. Sin dejar de subir, pasamos sobre un estrecho puente de granito y bordeamos un ruidoso y veloz torrente, que espumeaba y rugía entre grandes rocas. Camino y curso de agua discurrían después por un valle donde abundaban los robles achaparrados[56] y los abetos. A cada vuelta del camino Baskerville lanzaba una nueva exclamación de placer y miraba con gran interés a su alrededor haciendo innumerables preguntas. A él todo le parecía hermoso, pero para mí había un velo de melancolía sobre el paisaje, en el que se marcaba con toda claridad la proximidad del invierno. Los caminos estaban alfombrados de hojas amarillas que también caían sobre nosotros. El traqueteo de las ruedas enmudecía cuando atravesábamos montones de vegetación podrida. Tristes regalos, en mi opinión, para que la naturaleza los lanzara ante el coche del heredero de los Baskerville que regresaba a su casa solariega[57].

—¡Caramba! —exclamó el doctor Mortimer—, ¿qué es esto?

Teníamos delante una pronunciada pendiente cubierta de arbustos, una avanzadilla del páramo. En lo más alto, tan destacado y tan preciso como una estatua ecuestre sobre su pedestal, vimos a un soldado a caballo, sombrío y austero, el rifle preparado sobre el antebrazo. Estaba vigilando la carretera por la que circulábamos.

55 Acumulación de fragmentos de roca partida en la base de paredes de roca, acantilados de montañas o cuencas de valles.
56 Bajos y anchos.
57 Perteneciente o relativo al solar o linaje antiguo y noble.

—¿Qué es lo que sucede, Perkins? —preguntó el doctor Mortimer. El cochero se volvió a medias en su asiento.

—Se ha escapado un preso de Princetown, señor. Lleva tres días en libertad y los guardianes vigilan todas las carreteras y las estaciones, pero hasta ahora no han dado con él. A los agricultores de la zona no les gusta nada lo que pasa, se lo aseguro.

—Bueno, según tengo entendido, se les recompensará con cinco libras si proporcionan alguna información.

—Es cierto, señor, pero la posibilidad de ganar cinco libras es muy poca cosa comparada con el temor a que te corten el cuello. Porque no se trata de un preso corriente. Es un individuo que no se detendría ante nada.

—¿De quién se trata?

—Selden, señor: el asesino de Notting Hill.

Recordaba bien el caso, que había despertado el interés de Holmes por la peculiar ferocidad del crimen y la absurda brutalidad que había acompañado todos los actos del asesino. Se le había conmutado la pena capital en razón de algunas dudas sobre el estado de sus facultades mentales, precisamente por lo atroz de su conducta. Nuestra calesa había coronado una cuesta y entonces apareció ante nosotros la enorme extensión del páramo, salpicado de montones de piedras y de peñascos de formas extrañas. Enseguida se nos echó encima un viento frío que nos hizo tiritar. En algún lugar de aquella llanura desolada se escondía el diabólico asesino, oculto en un escondrijo como una bestia salvaje y con el corazón lleno de malevolencia hacia toda la raza humana que lo había expulsado de su seno. Solo se necesitaba aquello para colmar el siniestro poder de sugestión del páramo, junto con el viento helado y el cielo que empezaba a oscurecerse. Hasta el mismo Baskerville guardó silencio y se ciñó más el abrigo.

Habíamos dejado atrás y abajo las tierras fértiles. Al volver la vista contemplábamos los rayos oblicuos de un sol muy bajo que convertía los cursos de agua en hebras de oro y que brillaba sobre la tierra roja recién removida por el arado y sobre la extensa maraña de los bosques. El camino que teníamos ante nosotros se fue haciendo más desolado y silvestre por encima de enormes pendientes de color rojizo y verde oliva, salpicadas de peñascos gigantescos. De cuando en cuando pasábamos junto a una de las casas del páramo, con las paredes y el techo de piedra, sin planta trepadora alguna para dulcificar su severa silueta. De repente nos encontramos ante una depresión con forma de taza, salpicada de robles y abetos achaparrados, retorcidos e inclinados por la furia de años de tormentas. Dos altas torres muy estrechas se alzaban por encima de los árboles. El cochero señaló con la fusta.

—La mansión de los Baskerville —dijo.

Su dueño se había puesto en pie y la contemplaba con mejillas encendidas y ojos brillantes. Pocos minutos después habíamos llegado al portón de la casa del guarda, un laberinto de fantásticas tracerías[58] en hierro forjado, con pilares a cada lado gastados por las inclemencias del tiempo, manchados de líquenes y coronados por las cabezas de jabalíes de los Baskerville. La casa del guarda era una ruina de granito negro y desnudas costillas de vigas, pero frente a ella se alzaba un nuevo edificio, construido a medias, primer fruto del oro sudafricano de Sir Charles.

A través del portón nos adentramos en la avenida, donde las ruedas enmudecieron de nuevo sobre las hojas muertas y donde

58 Decoración arquitectónica formada por combinaciones de figuras geométricas que imitan formas vegetales.

los árboles centenarios cruzaban sus ramas formando un túnel en sombra sobre nuestras cabezas. Baskerville se estremeció al dirigir la mirada hacia el fondo de la larga y oscura avenida, donde la casa brillaba débilmente como un fantasma.

—¿Fue aquí? —preguntó en voz baja.

—No, no. El Paseo de los Tejos está al otro lado.

El joven heredero miró a su alrededor con expresión melancólica.

—No tiene nada de extraño que mi tío tuviera la impresión de que algo malo iba a sucederle en un sitio como este —dijo—. No se necesita más para asustar a cualquiera. Haré que instalen una hilera de lámparas eléctricas antes de seis meses y no reconocerán ustedes el sitio cuando dispongamos en la puerta misma de la mansión de una potencia de mil bujías de Swan[59] y Edison[60].

La avenida desembocaba en una gran extensión de césped y teníamos la casa ante nosotros. A pesar de la poca luz pude ver aún que la parte central era un macizo edificio del que sobresalía un pórtico. Toda la fachada principal estaba cubierta de hiedra, con algunos agujeros recortados aquí y allá para que una ventana o un escudo de armas asomaran a través del oscuro velo. Desde el bloque central se alzaban las torres gemelas, antiguas, almenadas[61] y agujereado por muchas troneras[62]. A izquierda y

---

59 Joseph Wilson Swan (1828-1914) fue un físico y químico inglés, famoso por la invención de la lámpara incandescente.

60 Thomas Alva Edison (1847-1931) fue un empresario e inventor estadounidense que mejoró el diseño de la bombilla de Joseph Swan, utilizando un delgado filamento de carbono (entre otras innovaciones), resolviendo así los problemas científicos y comerciales del invento.

61 Una almena o merlón es un elemento arquitectónico típico de la arquitectura militar medieval. Son salientes verticales y rectangulares dispuestos a intervalos regulares y espacios abiertos (llamandos «cañoneras», ya que por ellos asomaban las bocas de los cañones) que coronan los muros perimetrales de castillos, torres defensivas, etc.

62 Aberturas o agujeros estrechos en el costado de un buque, en un muro o en otro lugar, que se utiliza para disparar con protección.

derecha de las torres se extendían las alas más modernas de granito negro. Una luz mortecina brillaba a través de las ventanas con gruesos parteluces[63], y de las altas chimeneas que nacían del techo —de muy pronunciada inclinación— brotaba una sola columna de humo negro.

—¡Bienvenido, Sir Henry! ¡Bienvenido a la mansión de los Baskerville!

Un hombre de estatura elevada había salido de la sombra del pórtico para abrir la puerta de la calesa. La figura de una mujer se recortaba contra la luz amarilla del vestíbulo. También esta última se adelantó para ayudar al hombre con nuestro equipaje.

—Espero que no lo tome a mal, Sir Henry, pero voy a volver directamente a mi casa —dijo el doctor Mortimer—. Mi mujer me aguarda.

—¿No se queda usted a cenar con nosotros?

—No. Debo marcharme. Probablemente tendré trabajo esperándome. Me quedaría para enseñarle la casa, pero Barrymore será mejor guía. Hasta la vista y no dude en mandar a buscarme de día o de noche si puedo serle útil.

El ruido de las ruedas se perdió avenida abajo mientras Sir Henry y yo entrábamos en la casa y la puerta se cerraba con estrépito a nuestras espaldas. Nos encontramos en una espléndida habitación de nobles proporciones y gruesas vigas de madera de roble ennegrecida por el tiempo que formaban los pares del techo. En la gran chimenea de tiempos pretéritos y detrás de los altos morillos[64] de hierro crepitaba y chisporroteaba un

63 Parteluz o mainel es un elemento arquitectónico sustentante, en forma de columna o pilar, que se dispone en el centro de un arco, partiendo la luz en dos.

64 Utensilio para el hogar o la chimenea, compuesto por dos barras metálicas que sirven de caballete o soporte para la leña apoyados en el suelo, facilitando la combustión.

fuego de leña. Sir Henry y yo extendimos las manos hacia él porque estábamos helados después del largo trayecto en la calesa. Luego contemplamos las altas y estrechas ventanas con vidrios antiguos de colores, el revestimiento de las paredes de madera de roble, las cabezas de ciervo, los escudos de armas en las paredes, todo ello borroso y sombrío a la escasa luz de la lámpara central.

—Exactamente como lo imaginaba —dijo Sir Henry—. ¿No es la imagen misma de un antiguo hogar familiar? ¡Pensar que en esta sala han vivido los míos durante cinco siglos! Esa simple idea hace que todo me parezca más solemne.

Vi cómo su rostro moreno se iluminaba de entusiasmo juvenil al mirar a su alrededor. Se encontraba en un sitio donde la luz caía de lleno sobre él, pero sombras muy largas descendían por las paredes y colgaban como un dosel negro por encima de su cabeza. Barrymore había regresado de llevar el equipaje a nuestras habitaciones y se detuvo ante nosotros con la discreción característica de un criado competente. Era un hombre notable por su apariencia: alto, bien parecido, barba negra cuadrada, tez pálida y facciones distinguidas.

—¿Desea usted que se sirva la cena inmediatamente, Sir Henry?

—¿Está lista?

—Dentro de muy pocos minutos, señor. Encontrarán agua caliente en sus habitaciones. Mi mujer y yo, Sir Henry, seguiremos a su servicio con mucho gusto hasta que disponga usted otra cosa, aunque no se le ocultará que con la nueva situación habrá que ampliar la servidumbre de la casa.

—¿Qué nueva situación?

—Me refiero únicamente a que Sir Charles llevaba una vida muy retirada y nosotros nos bastábamos para atender sus necesidades. Usted querrá, sin duda, hacer más vida social y, en consecuencia, tendrá que introducir cambios.

—¿Quiere eso decir que su esposa y usted desean marcharse?

—Únicamente cuando ya no le cause a usted ningún trastorno.

—Pero su familia nos ha servido a lo largo de varias generaciones, ¿no es cierto? Lamentaría comenzar mi vida aquí rompiendo una antigua relación familiar.

Me pareció discernir signos de emoción en las pálidas facciones del mayordomo.

—Mis sentimientos son idénticos, Sir Henry, y mi esposa los comparte plenamente. Pero, a decir verdad, los dos estábamos muy apegados a Sir Charles. Su muerte ha sido un golpe terrible y ha llenado esta casa de recuerdos dolorosos. Mucho me temo que nunca recobraremos la paz de espíritu en la mansión de los Baskerville.

—Pero, ¿qué es lo que se proponen hacer?

—Estoy convencido de que tendremos éxito si emprendemos algún negocio. La generosidad de Sir Charles nos ha proporcionado los medios para ponerlo en marcha. Y ahora, señor, quizá convenga que los acompañe a ustedes a sus habitaciones.

Una galería rectangular con balaustrada, a la que se llegaba por una escalera doble, corría alrededor de la gran sala central. Desde aquel punto dos largos corredores se extendían a todo lo largo del edificio y a ellos se abrían los dormitorios. El mío estaba en la misma ala que el de Baskerville y casi puerta con puerta. Aquellas habitaciones parecían mucho más modernas que la parte central de la mansión. El alegre empapelado y la abundancia de velas contribuyeron un tanto a disipar la sombría impresión que se había apoderado de mi mente desde nuestra llegada.

Pero el comedor, al que se accedía desde la gran sala central, era también un lugar oscuro y melancólico. Se trataba de una larga cámara con un escalón que separaba la parte inferior, reservada a los subordinados, del estrado donde se colocaban los miembros de la familia. En un extremo se hallaba situado un palco para los músicos. Vigas negras cruzaban por encima de nuestras cabezas y, más arriba aún, el techo ennegrecido por el humo. Con hileras de antorchas llameantes para iluminarlo y con el colorido y el tosco jolgorio de un banquete de tiempos pretéritos quizá se hubiera dulcificado su aspecto. Pero ahora, cuando tan solo dos caballeros vestidos de negro se sentaban dentro del pequeño círculo de luz que proporcionaba una lámpara con pantalla, las voces se apagaban y los espíritus se abatían. Una borrosa hilera de antepasados, ataviados de las maneras más diversas, desde el caballero isabelino hasta el petimetre[65] de la Regencia[66], nos miraba desde lo alto y nos intimidaban con su compañía silenciosa. Hablamos poco y, de manera excepcional, me alegré de que terminara la cena y de que pudiéramos retirarnos a la moderna sala de billar para fumar un cigarrillo.

—A fe mía, no se puede decir que sea un sitio muy alegre —exclamó Sir Henry—. Supongo que llegaremos a habituarnos, pero por el momento me siento un tanto desplazado. No me extraña que mi tío se pusiera algo nervioso viviendo solo en una casa como esta. Si no le parece mal, hoy nos retiraremos pronto y quizá las cosas nos parezcan un poco más risueñas mañana por la mañana.

Abrí las cortinas antes de acostarme y miré por la ventana de mi cuarto. Daba a una extensión de césped situada delante de la

65 Persona que suele vestir excesivamente elegante y darse aires, aspirando a que lo vean como un aristócrata. Que se preocupa mucho de su compostura y de seguir las modas.
66 Gobierno provisional en un estado monárquico que ejerce un regente mientras el rey legítimo no puede gobernar, generalmente por ser menor de edad, estar ausente o incapacitado.

puerta principal. Más allá, dos pequeños bosques gemían y se balanceaban, agitados por el viento cada vez más intenso. La luna se abrió paso entre las nubes desbocadas. Gracias a su fría luz vi más allá de los árboles una franja incompleta de rocas y la larga superficie casi llana del melancólico páramo. Cerré las cortinas, convencido de que mi última impresión coincidía con las anteriores.

Aunque no fue la última en realidad. Pronto descubrí que estaba cansado pero insomne y di muchas vueltas en la cama, esperando un sueño que no venía. Muy a lo lejos un reloj de pared daba los cuartos de hora pero, por lo demás, un silencio sepulcral reinaba sobre la vieja casa. Y luego, de repente, en la quietud de la noche, llegó hasta mis oídos un sonido claro, resonante e inconfundible. Eran los sollozos de una mujer, los jadeos ahogados de una persona desgarrada por un sufrimiento incontrolable. Me senté en la cama y escuché con atención. El ruido procedía sin duda del interior de la casa. Por espacio de media hora esperé con los nervios en tensión, pero de nuevo reinó el silencio, si se exceptúan las campanadas del reloj y el roce de la hiedra contra la pared.

VII

LOS STAPLETON DE LA CASA MERRIPIT

Al día siguiente la belleza de la mañana contribuyó a borrar de nuestras mentes la impresión lúgubre y gris que a ambos nos había dejado el primer contacto con la mansión de los Baskerville. Mientras Sir Henry y yo desayunábamos, la luz del sol entraba a raudales por las altas ventanas con parteluces, proyectando pálidas manchas de color procedentes de los escudos de armas que decoraban los cristales. El revestimiento de madera brillaba como bronce bajo los rayos dorados y costaba trabajo convencerse de que estábamos en la misma cámara que la noche anterior había llenado nuestras almas de melancolía.

—¡Sospecho que los culpables somos nosotros y no la casa! —exclamó el baronet—. Llevábamos encima el cansancio del viaje y el frío del páramo, de manera que miramos este sitio con malos ojos. Ahora que hemos descansado y nos encontramos bien, nos parece alegre una vez más.

—Pero no fue todo un problema de imaginación —respondí—. ¿Acaso no oyó usted durante la noche a alguien, una mujer en mi opinión, que sollozaba?

—Es curioso porque, cuando estaba medio dormido, me pareció oír algo así. Esperé un buen rato, pero el ruido no se repitió, de manera que llegué a la conclusión de que lo había soñado.

—Yo lo oí con toda claridad y estoy seguro de que se trataba de los sollozos de una mujer.

—Debemos informarnos inmediatamente.

Sir Henry tocó la campanilla y preguntó a Barrymore si podía explicarnos lo sucedido. Me pareció que aumentaba un punto la palidez del mayordomo mientras escuchaba la pregunta de su señor.

—No hay más que dos mujeres en la casa, Sir Henry —respondió—. Una es la fregona, que duerme en la otra ala. La segunda es mi mujer y puedo asegurarle personalmente que ese sonido no procedía de ella.

Y sin embargo mentía, porque después del desayuno me crucé por casualidad con la señora Barrymore, cuando el sol le iluminaba de lleno el rostro, en el largo corredor al que daban los dormitorios. La esposa del mayordomo era una mujer grande, de aspecto impasible, facciones muy marcadas y un gesto de boca severo y decidido. Pero sus ojos enrojecidos, que me miraron desde detrás de unos párpados hinchados, la denunciaban. Era ella, sin duda, quien lloraba por la noche y, aunque su marido tenía que saberlo, había optado por correr el riesgo de verse descubierto al afirmar que no era así. ¿Por qué lo había hecho? Y ¿por qué lloraba su mujer tan amargamente? En torno a aquel hombre de tez pálida, bien parecido y de barba negra, se estaba creando una atmósfera de misterio y melancolía. Barrymore había encontrado el cuerpo sin vida de Sir Charles y únicamente contábamos con su palabra para todo lo referente a las circunstancias relacionadas con la muerte del anciano. ¿Existía la posibilidad de que, después de todo, fuera Barrymore a quien habíamos visto en el cabriolé de Regent Street? Podía muy bien tratarse de la misma barba. El cochero había descrito a un hombre algo más bajo, pero no era impensable que se hubiera equivocado. ¿Cómo podía aclarar aquel extremo de una vez por todas? Mi primera gestión consistiría en visitar al administrador de correos de Grimpen y averiguar si a Barrymore se le había entregado el telegrama de prueba en propia mano. Fuera cual fuese la respuesta, al menos tendría algo de que informar a Sherlock Holmes.

Sir Henry necesitaba examinar un gran número de documentos después del desayuno, de manera que era aquel el momento propicio para mi excursión, que resultó ser un agradable paseo de seis kilómetros siguiendo el borde del páramo y que me llevó finalmente a una aldea gris en la que dos edificios de mayor tamaño, que resultaron ser la posada y la casa del doctor Mortimer, destacaban considerablemente sobre el resto. El administrador de correos, que era también el tendero del pueblo, se acordaba perfectamente del telegrama.

—Así es, caballero —dijo—. Hice que se entregara al señor Barrymore, tal como se indicaba.

—¿Quién lo entregó?

—Mi hijo, aquí presente. James, entregaste el telegrama al señor Barrymore en la mansión la semana pasada, ¿no es cierto?

—Sí, padre. Lo entregué yo.

—¿En propia mano?

—Bueno, el señor Barrymore se hallaba en el desván en aquel momento, así que no pudo ser en propia mano, pero se lo di a su esposa, que prometió entregarlo inmediatamente.

—¿Viste al señor Barrymore?

—No, señor. Ya le he dicho que estaba en el desván.

—Si no lo viste, ¿cómo sabes que estaba en el desván?

—Sin duda su mujer sabía dónde estaba —dijo, de malos modos, el administrador de correos—. ¿Es que no recibió el telegrama? Si ha habido algún error, que presente la queja el señor Barrymore en persona.

Parecía inútil proseguir la investigación, pero estaba claro que, pese a la estratagema de Holmes, seguíamos sin dilucidar si Barrymore se había trasladado a Londres. Suponiendo que fuera así, suponiendo que la misma persona que había visto a Sir Charles con vida por última vez hubiese sido el primero en seguir al nuevo heredero a su regreso a Inglaterra, ¿qué consecuencias podían sacarse? ¿Era agente de terceros o actuaba por cuenta propia con algún propósito siniestro? ¿Qué interés podía tener en perseguir a la familia Baskerville? Recordé la extraña advertencia extraída del editorial del *Times*. ¿Era obra suya o más bien de alguien que se proponía desbaratar sus planes? El único motivo plausible era el sugerido por Sir Henry: si se conseguía asustar a la familia de manera que no volviera a la mansión, los Barrymore dispondrían de manera permanente de un hogar muy cómodo. Pero sin duda un motivo así resultaba insuficiente para explicar unos planes tan sutiles como complejos que parecían estar tejiendo una red invisible en torno al joven baronet. Holmes en persona había dicho que de todas sus sensacionales investigaciones aquella era la más compleja. Mientras regresaba por el camino gris y solitario recé para que mi amigo pudiera librarse pronto de sus ocupaciones y estuviera en condiciones de venir a Devonshire y de retirar de mis hombros la pesada carga de responsabilidad que había echado sobre ellos.

De repente mis pensamientos se vieron interrumpidos por el ruido de unos pasos veloces y de una voz que repetía mi nombre. Me volví esperando ver al doctor Mortimer pero, para mi sorpresa, descubrí que me perseguía un desconocido. Se trataba de un hombre pequeño, delgado, completamente afeitado, de aspecto remilgado, cabello rubio y mandíbula estrecha, entre los treinta y los cuarenta años de edad, que vestía un traje gris y llevaba sombrero de paja. Del hombro le colgaba una caja de hojalata para especímenes botánicos y en la mano llevaba un cazamariposas verde.

—Estoy seguro de que sabrá excusar mi atrevimiento, doctor Watson —me dijo al llegar jadeando a donde me encontraba—. Aquí en el páramo somos gentes llanas y no esperamos a las presentaciones oficiales. Quizá haya usted oído pronunciar mi apellido a nuestro común amigo, el doctor Mortimer. Soy Stapleton y vivo en la casa Merripit.

—El cazamariposas y la caja me hubieran bastado —dije—, porque sabía que el señor Stapleton era naturalista. Pero, ¿cómo sabe usted quién soy?

—He ido a hacer una visita a Mortimer y, al pasar usted por la calle, lo hemos visto desde la ventana de su consultorio. Dado que llevamos el mismo camino, se me ha ocurrido alcanzarlo y presentarme. Confío en que Sir Henry no esté demasiado fatigado por el viaje.

—Se encuentra perfectamente, muchas gracias.

—Todos nos temíamos que después de la triste desaparición de Sir Charles el nuevo baronet no quisiera vivir aquí. Es mucho pedir que un hombre acaudalado venga a enterrarse en un sitio como este, pero no hace falta que le diga cuánto significa para toda la zona. ¿Hago bien en suponer que Sir Henry no alberga miedos supersticiosos en esta materia?

—No creo que sea probable.

—Por supuesto usted conoce la leyenda del perro diabólico que persigue a la familia.

—La he oído.

—¡Es notable lo crédulos que son los campesinos por estos alrededores! Muchos de ellos están dispuestos a jurar que han visto en el páramo a un animal de esas características —hablaba con una sonrisa, pero me pareció leer en sus ojos que se tomaba aquel asunto con más seriedad—. Esa historia llegó a apoderarse de la imaginación de Sir Charles y estoy convencido de que provocó su trágico fin.

—Pero, ¿cómo?

—Tenía los nervios tan desquiciados que la aparición de cualquier perro podría haber tenido un efecto fatal sobre su corazón enfermo. Imagino que vio en realidad algo así aquella última noche en el Paseo de los Tejos. Yo temía que pudiera suceder un desastre, sentía por él un gran afecto y no ignoraba la debilidad de su corazón.

—¿Cómo lo sabía?

—Me lo había dicho mi amigo Mortimer.

—¿Piensa usted, entonces, que un perro persiguió a Sir Charles y que, en consecuencia, el anciano baronet murió de miedo?

—¿Tiene usted alguna explicación mejor?

—No he llegado a ninguna conclusión.

—¿Tampoco su amigo, el señor Sherlock Holmes?

Aquellas palabras me dejaron sin respiración por un momento, pero la placidez del rostro de mi interlocutor y su mirada impertérrita me hicieron comprender que no se proponía sorprenderme.

—Es inútil tratar de fingir que no le conocemos, doctor Watson —dijo—. Nos han llegado sus relatos de las aventuras del famoso detective y no podría usted celebrar sus éxitos sin darse también a conocer. Cuando Mortimer me dijo su apellido, no pudo negar su identidad. Si está usted aquí, se sigue que el señor

Sherlock Holmes se interesa también por este asunto y, como es lógico, siento curiosidad por saber su opinión sobre el caso.

—Me temo que no estoy en condiciones de responder a esa pregunta.

—¿Puede usted decirme si nos honrará visitándonos en persona?

—En el momento presente sus ocupaciones no le permiten abandonar Londres. Tiene otros casos que requieren su atención.

—¡Qué lástima! Podría arrojar alguna luz sobre algo que está muy oscuro para nosotros. Pero por lo que se refiere a sus propias investigaciones, doctor Watson, si puedo serle útil de alguna manera, confío en que no vacile en servirse de mí. Y si contara ya con alguna indicación sobre la naturaleza de sus sospechas o sobre cómo se propone usted investigar el caso, quizá pudiera, incluso ahora mismo, serle de ayuda o darle algún consejo.

—Siento desilusionarle, pero estoy aquí únicamente para visitar a mi amigo Sir Henry y no necesito ayuda de ninguna clase.

—¡Excelente! —dijo Stapleton—. Tiene usted toda la razón para mostrarse cauteloso y reservado. Me considero justamente reprendido por lo que ha sido sin duda una intromisión injustificada y le prometo que no volveré a mencionar este asunto.

Habíamos llegado a un punto donde un estrecho sendero cubierto de hierba se separaba de la carretera para internarse en el páramo. A la derecha quedaba una empinada colina salpicada de rocas que en tiempos remotos se había utilizado como cantera de granito. La cara que estaba vuelta hacia nosotros formaba una sombría pendiente, en cuyos nichos crecían helechos y zarzas. Por encima de una distante elevación se alzaba un penacho gris de humo.

—Un paseo no demasiado largo por esta senda del páramo nos llevará hasta la casa Merripit —dijo mi acompañante—. Si dispone usted de una hora, tendré el placer de presentarle a mi hermana.

Lo primero que pensé fue que mi deber era estar al lado de Sir Henry, pero a continuación recordé los muchos documentos y facturas que abarrotaban la mesa de su estudio. Era indudable que no podía ayudarlo en aquella tarea. Y Holmes me había pedido expresamente que estudiara a los vecinos del baronet. Acepté la invitación de Stapleton y giramos juntos por el sendero.

—El páramo es un lugar maravilloso —dijo mi interlocutor, recorriendo con la vista las ondulantes lomas, semejantes a grandes olas verdes, con crestas de granito dentado que formaban con su espuma figuras fantásticas—. Nunca cansa. No es posible imaginar los increíbles secretos que contiene. ¡Es tan vasto, tan estéril, tan misterioso!

—Lo conoce usted bien, ¿no es cierto?

—Solo llevo aquí dos años. Los naturales de la zona me llamarían recién llegado. Vinimos poco después de que Sir Charles se instalara en la mansión. Pero mis aficiones me han llevado a explorar todos los alrededores y estoy convencido de que pocos conocen el páramo mejor que yo.

—¿Es difícil conocerlo?

—Muy difícil. Fíjese, por ejemplo, en esa gran llanura que se extiende hacia el norte, con las extrañas colinas que brotan de ella. ¿Observa usted algo notable en su superficie?

—Debe de ser un sitio excepcional para galopar.

—Eso es lo que pensaría cualquiera, pero ya le ha costado la vida a más de una persona. ¿Advierte usted las manchas de color verde brillante que abundan por toda su superficie?

—Sí, parecen más fértiles que el resto.

Stapleton se echó a reír.

—Es la gran ciénaga de Grimpen —dijo—, donde un paso en falso significa la muerte, tanto para un hombre como para cualquier animal. Ayer mismo vi a uno de los jacos del páramo meterse en ella. No volvió a salir. Durante mucho tiempo aún sobresalía la cabeza, pero el fango terminó por tragárselo. Incluso en las estaciones secas es peligroso cruzarla, pero aún resulta peor después de las lluvias del otoño. Y sin embargo soy capaz de llegar hasta el centro de la ciénaga y regresar vivo. ¡Vaya por Dios, allí veo a otro de esos desgraciados jacos!

Algo marrón se agitaba entre las juncias[67] verdes. Después, un largo cuello atormentado se disparó hacia lo alto y un terrible relincho resonó por todo el páramo. El horror me heló la sangre en las venas, pero los nervios de mi acompañante parecían ser más resistentes que los míos.

—¡Desaparecido! —dijo—. La ciénaga se lo ha tragado. Dos en cuarenta y ocho horas y quizá muchos más, porque se acostumbran a ir allí cuando el tiempo es seco y no advierten la diferencia hasta quedar atrapados. La gran ciénaga de Grimpen es un sitio muy peligroso.

—¿Y usted dice que se adentra en su interior?

—Sí, hay uno o dos senderos que un hombre muy ágil puede utilizar y los he descubierto.

—Pero, ¿qué interés encuentra en un sitio tan espantoso?

—¿Ve usted aquellas colinas a lo lejos? Son en realidad islas separadas del resto por la ciénaga infranqueable que ha ido

67 Hierba perenne de un robusto sistema de raíces y rizomas subterráneos extremadamente resistente e invasiva.

rodeándolas con el paso de los años. Allí es donde se encuentran las plantas raras y las mariposas, si es usted lo bastante hábil para llegar.

—Algún día probaré suerte.

Stapleton me miró sorprendido.

—¡Por el amor de Dios, ni se le ocurra pensarlo! —dijo—. Su sangre caería sobre mi cabeza. Le aseguro que no existe la menor posibilidad de que regrese con vida. Yo lo consigo únicamente gracias a recordar ciertas señales de gran complejidad.

—¡Caramba! —exclamé—. ¿Qué es eso?

Un largo gemido muy profundo, indescriptiblemente triste, se extendió por el páramo. Aunque llenaba el aire, resultaba imposible decir de dónde procedía. De un murmullo apagado pasó a convertirse en un hondísimo rugido, para volver de nuevo al murmullo melancólico. Stapleton me miró con una expresión peculiar.

—¡Extraño lugar el páramo! —dijo.

—Pero, ¿qué era eso?

—Los campesinos dicen que es el sabueso de los Baskerville reclamando su presa. Lo había oído antes una o dos veces, pero nunca con tanta claridad.

Con el frío del miedo en el corazón contemplé la enorme llanura salpicada por las manchas verdes de los juncos. Nada se movía en aquella gran extensión si se exceptúa una pareja de cuervos, que graznaron con fuerza desde un risco a nuestras espaldas.

—Usted es un hombre educado: no me diga que da crédito a tonterías como esa —respondí—. ¿Cuál cree usted que es la causa de un sonido tan extraño?

—Las ciénagas hacen a veces ruidos extraños. El barro al moverse, o el agua al subir de nivel, o algo parecido.

—No, no. Era la voz de un ser vivo.

—Sí, quizá lo fuera. ¿Ha oído alguna vez mugir a un avetoro[68]?

—No, nunca.

—Es un pájaro poco común, casi extinguido en Inglaterra actualmente, pero todo es posible en el páramo. Sí. No me sorprendería que acabáramos de oír el grito del último de los avetoros.

—Es la cosa más misteriosa y extraña que he oído en toda mi vida.

—Sí, estamos en un lugar más bien extraño. Mire la falda de esa colina. ¿Qué supone usted que son esas formaciones?

Toda la empinada pendiente estaba cubierta de grises anillos de piedra, una veintena al menos.

—¿Qué son? ¿Establos para las ovejas?

—No. Son los hogares de nuestros dignos antepasados. Al hombre prehistórico le gustaba vivir en el páramo, y como nadie lo ha vuelto a hacer desde entonces, encontramos sus pequeñas construcciones exactamente como él las dejó. Es el equivalente de las tiendas indias si se les quita el techo. Podrá usted ver incluso el sitio donde hacían fuego así como el lugar donde dormían, si la curiosidad le empuja a entrar en uno de ellos.

—Se trata, entonces, de toda una ciudad. ¿Cuándo estuvo habitada?

—Se remonta al periodo neolítico, pero se desconocen las fechas.

—¿A qué se dedicaban sus pobladores?

—El ganado pastaba por esas laderas y ellos aprendían a cavar en busca de estaño cuando la espada de bronce empezaba a des-

68 Garza robusta con plumaje de tonos pardos claros y veteados oscuros propia de los humedales. Debe su nombre a su característica llamada similar al mugido de los toros.

plazar al hacha de piedra. Fíjese en la gran zanja de la colina de enfrente. Esa es su marca. Sí. Encontrará usted cosas muy peculiares en el páramo, doctor Watson. Ah, perdóneme un instante. Es sin duda un ejemplar de *Cyclopides*[69].

Una mosca o mariposilla se había cruzado en nuestro camino y Stapleton se lanzó al instante tras ella con gran energía y rapidez. Para mi consternación el insecto voló directamente hacia la gran ciénaga, pero mi acompañante no se detuvo ni un instante, persiguiéndola a saltos de mata en mata, con el cazamariposas en ristre[70]. Su ropa gris y la manera irregular de avanzar, a saltos y en zigzag, no le diferenciaban mucho de un gran insecto alado. Contemplaba su carrera con una mezcla de admiración —por su extraordinario despliegue de facultades— y de miedo a que perdiera pie en la ciénaga traicionera, cuando oí ruido de pasos y, al volverme, vi a una mujer que se acercaba hacia mí por el sendero. Procedía de la dirección en la que, gracias al penacho de humo, sabía que estaba localizada la casa Merripit, pero la inclinación del páramo me la había ocultado hasta que estuvo muy cerca.

No tuve ninguna duda de que se trataba de la señorita Stapleton —puesto que en el páramo no abundan las damas— y recordaba que alguien la había descrito como muy bella. La mujer que avanzaba en mi dirección lo era, desde luego, y de una hermosura muy poco corriente. No podía darse mayor contraste entre hermanos, porque en el caso del naturalista la tonalidad era neutra, con cabello claro y ojos grises, mientras que la señorita Stapleton era más oscura que ninguna de las morenas que he

69 Mariposa muy poco corriente.
70 Expresión que indica que una cosa se tiene bien sujeta entre las manos y bien dispuesta para hacer algo con ella.

visto en Inglaterra y además esbelta, elegante y alta. Su rostro, altivo y de facciones delicadas, era tan regular que hubiera podido parecer frío de no ser por la boca y los hermosos ojos, oscuros y vehementes. Dada la perfección y elegancia de su vestido, resultaba, desde luego, una extraña aparición en la solitaria senda del páramo. Seguía con los ojos las evoluciones de su hermano cuando me di la vuelta, pero inmediatamente apresuró el paso hacia mí. Me había descubierto y me disponía a explicarle mi presencia con unas frases, cuando sus palabras hicieron que mis pensamientos cambiaran por completo de dirección.

—¡Váyase! —dijo—. Vuelva a Londres inmediatamente.

No pude hacer otra cosa que contemplarla, estupefacto. Sus ojos echaban fuego al mismo tiempo que su pie golpeaba el suelo con impaciencia.

—¿Por qué tendría que marcharme?

—No se lo puedo explicar —hablaba en voz baja, apremiante y con un curioso ceceo en la pronunciación—. Pero, por el amor de Dios, haga lo que le pido. Váyase y no vuelva nunca a pisar el páramo.

—Pero si acabo de llegar.

—Por favor —exclamó—. ¿No es capaz de reconocer una advertencia que se le hace por su propio bien? ¡Vuélvase a Londres! ¡Póngase esta misma noche en camino! ¡Aléjese de este lugar a toda costa! ¡Silencio, vuelve mi hermano! Ni una palabra de lo que le he dicho. ¿Le importaría cortarme la orquídea que está ahí, entre las colas de caballo? Las orquídeas abundan en el páramo aunque, por supuesto, llega usted en una mala estación para disfrutar con la belleza de la zona.

Stapleton había abandonado la caza y se acercaba a nosotros jadeante y con el rostro encendido por el esfuerzo.

—¡Hola, Beryl! —dijo. Y tuve la impresión de que el tono de su saludo no era excesivamente cordial.

—Estás muy sofocado, Jack.

—Sí. Perseguía a una *Cyclopides*. Es una mariposa muy poco corriente y raras veces se la encuentra a finales del otoño. ¡Es una pena que no haya conseguido capturarla!

Hablaba despreocupadamente, pero sus ojos claros nos vigilaban a ambos sin descanso.

—Se han presentado ya, por lo que observo.

—Sí. Estaba explicando a Sir Henry que el otoño no es una buena época para la verdadera belleza del páramo.

—¿Cómo? ¿Con quién crees que estás hablando?

—Supongo que se trata de Sir Henry Baskerville.

—No, no —dije yo—. Solo soy un humilde plebeyo, aunque Baskerville me honre con su amistad. Me llamo Watson, doctor Watson.

El disgusto ensombreció por un momento el expresivo rostro de la joven.

—Hemos sido víctimas de un malentendido en nuestra conversación —dijo la señorita Stapleton.

—En realidad no habéis tenido mucho tiempo —comentó su hermano, siempre con los mismos ojos interrogadores.

—He hablado como si el doctor Watson fuera residente en lugar de simple visitante —dijo la señorita Stapleton—. No puede importarle mucho si es pronto o tarde para las orquídeas. Pero, una vez que ha llegado hasta aquí, espero que nos acompañe para ver la casa Merripit.

Tras un breve paseo llegamos a una triste casa del páramo, granja de algún ganadero en los antiguos días de prosperidad, arreglada después para convertirla en vivienda moderna. La rodeaba un huerto, pero los árboles —como suele suceder en el páramo— eran más pequeños de lo normal y estaban quemados por las heladas. El lugar en conjunto daba impresión de pobreza y melancolía. Nos abrió la puerta un viejo criado, una criatura extraña, arrugada y de aspecto mohoso, muy en consonancia con la casa. Dentro, sin embargo, había habitaciones amplias, amueblada con una elegancia en la que me pareció reconocer el gusto de la señorita Stapleton. Al contemplar desde sus ventanas el interminable páramo salpicado de granito que se extendía sin solución de continuidad hasta el horizonte más remoto, no pude por menos de preguntarme qué podía haber traído a un lugar así a aquel hombre tan instruido y a aquella mujer tan hermosa.

—Extraña elección para vivir, ¿no es eso? —dijo Stapleton, como si hubiera adivinado mis pensamientos—. Y sin embargo conseguimos ser aceptablemente felices, ¿no es así, Beryl?

—Muy felices —dijo ella, aunque faltaba el acento de la convicción en sus palabras.

—Llevaba un colegio privado en el norte —dijo Stapleton—. Para un hombre de mi temperamento el trabajo resultaba monótono y poco interesante, pero el privilegio de vivir con jóvenes, de ayudar a moldear sus mentes y de sembrar en ellos el propio carácter y los propios ideales, era algo muy importante para mí. Pero el destino se puso en contra nuestra. Se declaró una grave epidemia en el colegio y tres de los muchachos murieron. La institución nunca se recuperó de aquel golpe y gran parte de mi capital se perdió sin remedio. De todos modos, si no fuera por la pérdida de la encantadora compañía de los muchachos, podría alegrarme de mi desgracia, porque, dada mi intensa afición a la botánica y a la zoología, tengo aquí un campo ilimitado de trabajo y mi hermana está tan dedicada como yo a la naturaleza. Le explico todo esto, doctor Watson, porque he visto su expresión mientras contemplaba el páramo desde nuestra ventana.

—Es cierto que se me ha pasado por la cabeza la idea de que todo esto pueda ser, quizá, un poco menos aburrido para usted que para su hermana.

—No, no —replicó ella inmediatamente—. No me aburro nunca.

—Disponemos de muchos libros, de nuestros estudios y también contamos con vecinos muy interesantes. El doctor Mortimer es un erudito en su campo. También el pobre Sir Charles era un compañero admirable. Lo conocíamos bien y carezco de palabras para explicar hasta qué punto lo echamos de menos. ¿Cree usted que sería una impertinencia por mi parte hacer esta tarde una visita a Sir Henry para conocerlo?

—Estoy seguro de que le encantará recibirlo.

—En ese caso quizá quiera usted tener la amabilidad de mencionarle que me propongo hacerlo. Dentro de nuestra modestia tal vez podamos facilitarle un poco las cosas hasta que se acostumbre a su nuevo hogar. ¿Quiere subir conmigo, doctor Watson, y ver mi colección de *Lepidoptera*[71]? Creo que es la más completa del suroeste de Inglaterra. Para cuando haya terminado de examinarlas el almuerzo estará casi listo.

Pero estaba deseoso de volver junto a la persona cuya seguridad se me había confiado. Todo —la melancolía del páramo, la muerte del desgraciado jaco, el extraño sonido asociado con la sombría leyenda de los Baskerville— contribuía a teñir de tristeza mis pensamientos. Y por si todas aquellas impresiones más o menos vagas no me bastaran, había que añadirles la adver-

71 Insectos conocidos comúnmente como mariposas.

tencia clara y precisa de la señorita Stapleton, hecha con tanta vehemencia que estaba convencido de que la apoyaban razones serias y profundas. Rechacé los repetidos ruegos de los hermanos para que me quedase a almorzar y emprendí de inmediato el camino de regreso, utilizando el mismo sendero crecido de hierba por el que habíamos venido.

Existe sin embargo, al parecer, algún atajo que utilizan quienes conocen mejor la zona, porque antes de alcanzar la carretera me quedé pasmado al ver a la señorita Stapleton sentada en una roca al borde del camino. El rubor del esfuerzo embellecía aún más su rostro mientras se apretaba el costado con la mano.

—He corrido todo el camino para alcanzarlo, doctor Watson —me dijo— y me ha faltado hasta tiempo para ponerme el sombrero. No puedo detenerme porque de lo contrario mi hermano repararía en mi ausencia. Quería decirle lo mucho que siento la estúpida equivocación que he cometido al confundirle con Sir Henry. Haga el favor de olvidar mis palabras, que no tienen ninguna aplicación en su caso.

—Pero no puedo olvidarlas, señorita Stapleton —respondí—. Soy amigo de Sir Henry y su bienestar es de gran importancia para mí. Dígame por qué estaba usted tan deseosa de que Sir Henry regresara a Londres.

—Un simple capricho de mujer, doctor Watson. Cuando me conozca mejor comprenderá que no siempre puedo dar razón de lo que digo o hago.

—No, no. Recuerdo el temblor de su voz. Recuerdo la expresión de sus ojos. Por favor, sea sincera conmigo, señorita Stapleton, porque desde que estoy aquí tengo la sensación de vivir rodeado de sombras. Mi existencia se ha convertido en algo parecido a la gran ciénaga de Grimpen: abundan por todas partes las manchas verdes que ceden bajo los pies y carezco de guía que me señale el camino. Dígame, por favor, a qué se refería usted y le prometo transmitir la advertencia a Sir Henry.

Por un instante apareció en su rostro una expresión de duda, pero cuando me respondió su mirada había vuelto a endurecerse.

—Se preocupa usted demasiado, doctor Watson —fueron sus palabras—. A mi hermano y a mí nos impresionó mucho la muerte de Sir Charles. Lo conocíamos muy bien, porque su paseo favorito era atravesar el páramo hasta nuestra casa. A Sir Charles le afectaba profundamente la maldición que pesaba sobre su familia y al producirse la tragedia pensé, como es lógico, que debía de existir algún fundamento para los temores que él expresaba. Me preocupa, por lo tanto, que otro miembro de la familia venga a vivir aquí y creo que se le debe avisar del peligro que corre. Eso es todo lo que me proponía transmitir con mis palabras.

—Pero, ¿cuál es el peligro?

—¿Conoce usted la historia del sabueso?

—No creo en semejante tontería.

—Pues yo sí. Si tiene usted alguna influencia sobre Sir Henry, aléjelo de un lugar que siempre ha sido funesto para su familia. El mundo es muy grande. ¿Por qué tendría que vivir en un lugar donde corre tanto peligro?

—Precisamente por eso. Esa es la manera de ser de Sir Henry. Mucho me temo que si no me da usted una información más precisa, no logrará que se marche.

—No puedo decir nada más preciso porque no lo sé.

—Permítame que le haga una pregunta más, señorita Stapleton. Si únicamente era eso lo que quería usted decir cuando habló conmigo por vez primera, ¿por qué tenía tanto interés en que su hermano no oyera lo que me decía? No hay en sus palabras nada a lo que ni él ni nadie puedan poner objeciones.

—Mi hermano está deseosísimo de que la mansión de los Baskerville siga ocupada, porque cree que eso beneficia a los pobres que viven en el páramo. Se enojaría si supiera que he dicho algo que pueda impulsar a Sir Henry a marcharse. Pero ya he cumplido con mi deber y no voy a decir nada más. Tengo que volver a casa o de lo contrario Jack me echará de menos y sospechará que he estado con usted. ¡Hasta la vista!

Se dio la vuelta y en muy pocos minutos había desaparecido entre los peñascos desperdigados por el páramo mientras, con el alma llena de vagos temores, proseguía mi camino hacia la mansión de los Baskerville.

VIII

Primer informe del doctor Watson

A partir de ahora seguiré el curso de los acontecimientos mediante la transcripción de mis cartas a Sherlock Holmes, que tengo delante de mí sobre la mesa. Falta una página pero, por lo demás, las reproduzco exactamente como fueron escritas y muestran mis sentimientos y sospechas del momento con más precisión de lo que podría hacerlo mi memoria, a pesar de la claridad con que recuerdo aquellos trágicos sucesos.

«Mansión de los Baskerville, 13 de octubre

»Mi querido Holmes:

»Mis cartas y telegramas anteriores le han mantenido al día sobre todo lo que ha ocurrido en este rincón del mundo tan olvidado de Dios. Cuanto más tiempo se pasa aquí, más profundamente se mete en el alma el espíritu del páramo, su inmensidad y también su terrible encanto. Tan pronto como se adentra en él, queda atrás toda huella de la Inglaterra moderna y, en cambio, se advierte por doquier la presencia de los hogares y de las obras del hombre prehistórico. Se vaya por donde se vaya, siempre aparecen las casas de esas gentes olvidadas, con sus tumbas y con los enormes monolitos que, al parecer, señalaban el emplazamiento de sus templos. Cuando se contemplan sus refugios de piedra gris sobre un fondo de laderas agrestes, se deja a la espalda la época actual y si viéramos a un peludo ser humano cubierto con pieles de animales salir a gatas por una puerta que es como la boca de una madriguera y colocar una flecha con punta de pedernal[72] en la cuerda de su arco, pensaríamos que su presencia en este sitio está mucho más justificada que la nuestra. Lo más extraño es que vivieran tantos en lo que siempre ha debido de ser una tierra muy poco fértil. No soy experto en prehistoria, pero imagino que se trataba de una raza nada belicosa y frecuentemente acosada que se vio forzada a aceptar las tierras que nadie más estaba dispuesto a ocupar.

»Todo esto, sin embargo, nada tiene que ver con la misión que usted me confió y probablemente carecerá por completo de interés para una mente tan estrictamente práctica como la suya. Todavía recuerdo su completa indiferencia en cuanto a si el sol se movía alrededor de la tierra o la tierra alrededor del sol. Permítame, por lo tanto, que vuelva a los hechos relacionados con Sir Henry Baskerville.

72 Variedad de cuarzo de color gris amarillento, compacto, de fractura concoidea y traslúcido en los bordes.

»El hecho de que no haya usted recibido ningún informe en los últimos días obedece a que hasta hoy no tenía nada importante que relatarle. Luego ha ocurrido algo muy sorprendente que le contaré a su debido tiempo pero, antes de nada, debo ponerle al corriente acerca de otros elementos de la situación.

»Uno de ellos, al que apenas he aludido hasta este momento, es el preso escapado que rondaba por el páramo. Ahora existen razones poderosas para creer que se ha marchado, lo que supone un considerable alivio para aquellos habitantes del distrito que viven aislados. Han transcurrido dos semanas desde su huida y en esos quince días no se le ha visto ni se ha oído nada relacionado con él. Es a todas luces inconcebible que haya podido resistir en el páramo durante tanto tiempo. Habría podido esconderse sin ninguna dificultad, desde luego. Cualquiera de los habitáculos de piedra podría haberle servido de refugio. Pero no hay nada que le proporcione alimento, a no ser que capture y sacrifique una de las ovejas del páramo. Creemos, por lo tanto, que se ha marchado y el resultado es que los granjeros que están más aislados duermen mejor.

»En esta casa nos alojamos cuatro varones en buen estado de salud, de manera que podemos cuidarnos sin ayuda de nadie, pero confieso que he tenido momentos de inquietud al pensar en los Stapleton, que se hallan a kilómetros del vecino más próximo. En la casa Merripit solo viven una criada, un anciano sirviente, la hermana de Stapleton y el mismo Stapleton, que no es una persona de gran fortaleza física. Si el preso lograra entrar en la casa, estarían indefensos en manos de un individuo tan desesperado como este criminal de Notting Hill. Tanto a Sir Henry como a mí nos preocupa mucho su situación y les sugerimos que Perkins, el mozo de cuadra, fuese a dormir a su casa pero Stapleton no ha querido ni oír hablar de ello.

»Lo cierto es que nuestro amigo el baronet empieza a interesarse mucho por su hermosa vecina. No tiene nada de sorprendente, porque para un hombre tan activo como él el tiempo se hace muy largo en este lugar tan solitario y la señorita Stapleton es una mujer muy hermosa y fascinante. Hay en ella un algo tropical y exótico que crea un contraste singular con su hermano, tan frío e impasible. También él, sin embargo, sugiere la idea de fuegos escondidos. Stapleton tiene sin duda una marcada influencia sobre su hermana, porque he comprobado que cuando habla lo mira continuamente, como si buscara su aprobación para todo lo que dice. Espero que sea afectuoso con ella. El brillo seco de los ojos de Stapleton y la firme expresión de su boca de labios muy finos denuncian un carácter dominante y posiblemente despótico. Sin duda será para usted un interesante objeto de estudio.

»Vino a saludar a Baskerville el mismo día en que lo conocí y a la mañana siguiente nos llevó a los dos al sitio donde se supone que tuvo origen la leyenda sobre el malvado Hugo. Fue una excursión de varios kilómetros a través del páramo hasta un lugar que pudo, por sí solo, haber sugerido la historia dado lo deprimente que resulta. Encontramos un valle de poca longitud entre peñascos escarpados, que desembocaba en un espacio abierto y verde salpicado de juncias. En el centro se alzaban dos grandes piedras, muy gastadas y bien afiladas por la parte superior, de manera que parecían los enormes colmillos, en proceso de descomposición, de un animal monstruoso. El lugar se corresponde en todos los detalles con el escenario de la antigua tragedia que ya conocemos. Sir Henry manifestó gran interés y preguntó más de una vez a Stapleton si creía realmente en la posibilidad de que los poderes sobrenaturales intervengan en los asuntos humanos. Hablaba con desenfado, pero no cabe duda de que sentía mucho interés. Stapleton se mostró cauto en sus respuestas, aunque se comprendía enseguida que decía menos de lo que sabía y opinaba, y que no se sinceraba por completo en consideración a los sentimientos del baronet. Nos contó casos semejantes de familias víctimas de alguna influencia maligna y nos dejó con la impresión de que compartía la opinión popular sobre el asunto.

»A la vuelta nos detuvimos en la casa Merripit para almorzar y fue allí donde Sir Henry conoció a la señorita Stapleton. Desde el primer momento

Baskerville pareció sentir una fuerte atracción y, si no estoy muy equivocado, el sentimiento fue mutuo. Nuestro baronet habló de ella una y otra vez mientras volvíamos a casa y desde entonces apenas ha transcurrido un día sin que veamos en algún momento a los dos hermanos. Esta noche cenarán aquí y ya se habla de que iremos a su casa la semana que viene. Cualquiera pensaría que semejante enlace debería llenar de satisfacción a Stapleton y, sin embargo, más de una vez he captado una mirada suya de intensísima desaprobación cuando Sir Henry tenía alguna atención con su hermana. Sin duda está muy unido a ella y llevará una vida muy solitaria si se ve privado de su compañía, pero parecería el colmo del egoísmo que pusiera obstáculos a un matrimonio tan conveniente. Estoy convencido, de todos modos, de que Stapleton no desea que la amistad entre ambos llegue a convertirse en amor, y en varias ocasiones he observado sus esfuerzos para impedir que se queden a solas. Le diré entre paréntesis que sus instrucciones, en cuanto a no permitir que Sir Henry salga solo de la mansión, serán mucho más difíciles de cumplir si una intriga amorosa viniera a añadirse a las otras dificultades. Mis buenas relaciones con el baronet se resentirían muy pronto si insistiera en seguir al pie de la letra las órdenes de usted.

»El otro día —el jueves, para ser más precisos— almorzó con nosotros el doctor Mortimer. Ha realizado excavaciones en un túmulo funerario de

Long Down y está muy contento por el hallazgo de un cráneo prehistórico. ¡No ha habido nunca un entusiasta tan resuelto como él! Los Stapleton se presentaron después y el bueno del doctor nos llevó a todos al Paseo de los Tejos, a petición de Sir Henry, para mostrarnos exactamente cómo sucedió la tragedia aquella noche aciaga. El Paseo de los Tejos es un camino muy largo y sombrío entre dos altas paredes de seto recortado, con una estrecha franja de hierba a ambos lados. En el extremo más distante se halla un pabellón de verano, viejo y ruinoso. A mitad de camino está el portillo que da al páramo, donde el anciano caballero dejó caer la ceniza de su cigarro puro. Se trata de un portillo de madera, pintado de blanco, con un pestillo. Del otro lado se extiende el vasto páramo. Me acordaba de su teoría y traté de imaginar todo lo ocurrido. Mientras Sir Charles estaba allí vio algo que se acercaba atravesando el páramo, algo que le aterrorizó hasta el punto de hacerle perder la cabeza, por lo que corrió y corrió hasta morir de puro horror y agotamiento. Teníamos delante el largo y melancólico túnel de césped por el que huyó. Pero, ¿de qué? ¿De un perro pastor del páramo? ¿O de un sabueso espectral, negro, enorme y silencioso? ¿Hubo intervención humana en el asunto? ¿Acaso Barrymore, tan pálido y siempre vigilante, sabe más de lo que contó? Todo resulta muy confuso y vago, pero siempre aparece detrás la oscura sombra del delito.

»Desde la última vez que escribí he conocido a otro de los habitantes del páramo. Se trata del señor Frankland, de la mansión Lafter, que vive a unos seis kilómetros al sur. Es un caballero anciano de cabellos blancos, sonrosado y colérico. Le apasionan las leyes británicas y ha invertido una fortuna en pleitear. Lucha por el simple placer de enfrentarse con alguien y está siempre dispuesto a defender los dos lados en una discusión, por lo que no es sorprendente que pleitear le haya resultado una diversión costosa. En ocasiones cierra un derecho de paso y desafía al ayuntamiento para que le obligue a abrirlo. En otros casos rompe con sus propias manos el portón de otro propietario y afirma que desde tiempo inmemorial ha existido allí una senda, por lo que reta al propietario a que lo lleve a juicio por entrada ilegal. Es un erudito en el antiguo derecho señorial y comunal, y unas veces aplica sus conocimientos en favor de los habitantes de Fernworthy y otras en contra, de manera que periódicamente lo llevan a hombros en triunfo por la calle mayor del pueblo o lo queman en efigie[73], de acuerdo con su última hazaña. Se dice que en el momento actual tiene entre manos unos siete pleitos que, probablemente, se tragarán lo que le resta de fortuna por lo que se quedará sin aguijón y será inofensivo en el futuro. Aparte

73 Imagen o representación de una persona, generalmente reproducida en una moneda, una pintura o una escultura.

de las cuestiones jurídicas parece una persona cariñosa y afable y solo hago mención de él porque usted insistió en que le enviara una descripción de todas las personas que nos rodean. En el momento actual su ocupación es bien curiosa ya que, por su afición a la astronomía, dispone de un excelente telescopio con el que se tumba en el tejado de su casa y escudriña el páramo de la mañana a la noche con la esperanza de ponerle la vista encima al preso escapado. Si consagrara a esto la totalidad de sus energías las cosas irían a pedir de boca, pero se rumorea que tiene intención de pleitear contra el doctor Mortimer por abrir una tumba sin el consentimiento de los parientes más próximos del difunto, dado que extrajo un cráneo neolítico del túmulo funerario de Long D. Contribuye sin duda a alejar de nuestras vidas la monotonía y nos proporciona pequeños intermedios cómicos de los que estamos muy necesitados.

»Y ahora, después de haberle puesto al día sobre el preso fugado, sobre los Stapleton, el doctor Mortimer y el señor Frankland de la mansión Lafter, permítame que termine con lo más importante y vuelva a hablarle de los Barrymore y en especial de los sorprendentes acontecimientos de la noche pasada.

»Antes de nada he de mencionar el telegrama que envió usted desde Londres para asegurarse de que Barrymore estaba realmente aquí. Ya le expliqué que el testimonio del administrador de correos invalida su estratagema, por lo que carecemos de pruebas en un sentido u otro. Expliqué a Sir Henry cuál era la situación e inmediatamente, con su franqueza característica, hizo llamar a Barrymore y le preguntó si había recibido en persona el telegrama. Barrymore respondió que sí.

»—¿Se lo entregó el chico en propia mano? —preguntó Sir Henry.

»Barrymore pareció sorprendido y estuvo pensando unos momentos.

»—No —dijo—. Me hallaba en el ático en aquel momento y me lo trajo mi esposa.

»—¿Lo contestó usted mismo?

»—No. Le dije a mi esposa cuál era la respuesta y ella bajó a escribirla.

»Por la noche fue el mismo Barrymore quien sacó el tema.

»—No consigo entender el objeto de su pregunta de esta mañana, Sir Henry —dijo—. Espero que no signifique que mi comportamiento le ha llevado a perder su confianza en mí.

»Sir Henry le aseguró que no era ese el caso y lo aplacó regalándole buena parte de su antiguo vestuario, dado que había llegado el nuevo equipo encargado en Londres.

»La señora Barrymore me interesa mucho. Es una mujer corpulenta, no demasiado brillante, muy respetuosa y con inclinación al puritanismo. Es difícil imaginar una persona menos propensa, en apariencia, a excesos emotivos. Y, sin embargo, tal como ya le he contado a usted, la oí sollozar amargamente durante nuestra primera noche aquí y desde entonces he observado en más de una ocasión huellas de lágrimas en su rostro. Alguna honda aflicción le desgarra sin tregua el corazón. A veces me pregunto si la obsesiona el recuerdo de alguna culpa y en otras ocasiones sospecho que Barrymore puede ser un tirano en el seno de su familia. Siempre he tenido la impresión de que había algo singular y dudoso en el carácter de este hombre, pero la aventura de la noche pasada ha servido para dar cuerpo a mis sospechas.

»Y, sin embargo, podría parecer una cuestión de poca importancia. Usted sabe que nunca he dormido a pierna suelta, pero desde que vivo en guardia en esta casa tengo el sueño más ligero que nunca. Anoche, a eso de las dos de la madrugada, me despertaron los pasos sigilosos de alguien que cruzaba por delante de mi habitación. Me levanté, abrí la puerta y miré. Una larga sombra negra se deslizaba por el corredor, producida por un hombre que avanzaba en silencio con una vela en la mano. Se cubría tan solo con la camisa y los pantalones e iba descalzo. No pude ver más que su silueta, pero su estatura me indicó que se trataba de Barrymore. Caminaba muy despacio y tomando muchas precauciones y había un algo indescriptiblemente culpable y furtivo en todo su aspecto.

»Ya le he explicado que el corredor queda interrumpido por la galería que rodea la gran sala, pero que continúa por el otro lado. Esperé a que Barrymore se perdiera de vista y luego lo seguí. Cuando llegué a la galería ya estaba al final del otro corredor y, gracias al resplandor de la vela a través de una puerta abierta, vi que había entrado en una de las habitaciones. Ahora bien, todas esas habitaciones carecen de muebles y están desocupadas, de manera que aquella expedición resultaba todavía más misteriosa. La luz brillaba con fijeza, como si Barrymore se hubiera inmovilizado. Me deslicé por el corredor lo más silenciosamente que pude hasta asomarme apenas por la puerta abierta.

»Barrymore, agachado junto a la ventana, mantenía la vela pegada al cristal. Su rostro estaba vuelto a medias hacia mí y sus facciones manifestaban la tensión de la espera mientras escudriñaba la negrura del páramo. Por espacio de varios minutos mantuvo la intensa vigilancia. Luego dejó escapar un hondo gemido y con un gesto de impaciencia apagó la vela. Regresé inmediatamente a mi habitación y muy poco después volví a oír los pasos sigilosos en su viaje de regreso. Mucho más tarde, cuando estaba hundiéndome en un sueño ligero, oí cómo una llave giraba en una cerradura, pero me fue imposible precisar de dónde procedía el ruido. No soy capaz de adivinar el significado de lo sucedido, pero sin duda en esta casa tan melancólica está en marcha algún asunto secreto que, más pronto o más tarde, terminaremos por descubrir. No quiero molestarle con mis teorías porque usted me pidió que solo le proporcionara hechos. Esta mañana he tenido una larga conversación con Sir Henry y hemos elaborado un plan de campaña, basado en mis observaciones de la noche pasada, que no tengo intención de explicarle a usted ahora mismo, pero que sin duda contribuirá a que mi próximo informe resulte muy interesante.»

IX

La luz en el páramo

[Segundo informe del doctor Watson]

«Mansión de los Baskerville, 15 de octubre

»Mi querido Holmes:

»Aunque durante los primeros días de mi misión no prodigara demasiado las noticias, ahora reconocerá usted que estoy recuperando el tiempo perdido y que los acontecimientos se suceden sin interrupción. En mi último informe di el do de pecho con el hallazgo de Barrymore en la ventana y ahora tengo una excelente segunda parte que, si no estoy muy equivocado, le sorprenderá bastante. Los acontecimientos han tomado un sesgo que no podía prever. En ciertos aspectos las cosas se han aclarado mucho durante las últimas cuarenta y ocho horas y en otros se han complicado todavía más. Pero voy a contárselo todo y así podrá juzgar por sí mismo.

»A la mañana siguiente, antes de bajar a desayunar, examiné la habitación que Barrymore había visitado la noche anterior. La ventana orientada al oeste por la que miraba con tanto interés tiene, según he podido advertir, una peculiaridad que la distingue de todas las demás ventanas de la casa: es la que permite ver el páramo desde más cerca, gracias a una abertura entre los árboles, mientras que desde todas las otras se vislumbra con dificultad. De ahí se sigue que Barrymore —dado que solo esa ventana se ajusta a sus necesidades— buscaba algo o a alguien que se encontraba en el páramo. La noche era muy oscura, por lo que es difícil comprender cómo esperaba ver a nadie. Se me ocurrió la posibilidad de que se tratara de alguna intriga amorosa. Ello explicaría el sigilo de sus movimientos y también el desasosiego de su esposa. Barrymore es un individuo con mucho atractivo, perfectamente capacitado para robarle el corazón a una campesina, de manera que esta teoría parecía tener algunos elementos a su favor. La apertura de la puerta que había oído después de regresar a mi dormitorio podía querer decir que Barrymore abandonaba la casa para dirigirse a una cita clandestina. Así razonaba conmigo mismo por la mañana y le cuento la dirección que tomaron mis sospechas, pese a que nuestras posteriores averiguaciones han demostrado que carecían por completo de fundamento.

»Pero —fuera cual fuese la verdadera explicación de los movimientos de Barrymore— consideré superior a mis fuerzas la responsabilidad de guardar el secreto sobre sus actividades hasta que pudiera explicarlas de manera satisfactoria, por lo que después del desayuno me entrevisté con el baronet en su estudio y le conté todo lo que había visto. Sir Henry se sorprendió menos de lo que yo esperaba.

»—Sabía que Barrymore andaba de noche por la casa y había pensado hablar con él sobre ello —me dijo—. He oído dos o tres veces sus pasos en el corredor, yendo y viniendo, más o menos a la hora que usted menciona.

»—En ese caso quizá visite precisamente esa ventana todas las noches —sugerí.

»—Tal vez lo haga. Si es así, estaremos en condiciones de seguirlo y de ver qué es lo que se trae entre manos. Me pregunto qué haría su amigo Holmes si estuviera aquí.

»—Creo que haría exactamente lo que acaba usted de sugerir —le respondí—. Seguiría a Barrymore y vería qué es lo que hace.

»—Entonces lo haremos juntos.

»—Pero sin duda nos oirá.

»—Es bastante sordo y de todos modos hemos de correr el riesgo. Aguardaremos en mi habitación a que pase.

»Sir Henry se frotó las manos encantado y era evidente que acogía aquella aventura como un agradable descanso de la vida excesivamente tranquila que llevaba en el páramo.

»El baronet ha estado en contacto con el arquitecto que preparó los planos para Sir Charles y también con el contratista londinense que se encargó de las obras, de manera que quizá muy pronto empiecen a producirse aquí grandes cambios. También han venido de Plymouth decoradores y ebanistas. Sin duda nuestro amigo tiene grandes ideas y no quiere escatimar esfuerzos ni gastos para restaurar el antiguo esplendor de su familia. Con la casa arreglada y amueblada de nuevo, solo necesitará una esposa para que todo esté en orden. Le diré, entre nosotros, que hay signos muy evidentes de que eso no tardará en producirse si la dama consiente, porque raras veces he visto a un hombre más prendado de una mujer de lo que lo está Sir Henry de nuestra hermosa vecina, la señorita Stapleton. Sin embargo, el progreso del amor verdadero no siempre se produce con toda la suavidad que cabría esperar dadas las circunstancias. Hoy, por ejemplo, la buena marcha del idilio se ha visto perturbada por un obstáculo inesperado que ha causado considerable perplejidad y enojo a nuestro amigo.

»Después de la conversación acerca de Barrymore que ya he citado, Sir Henry se caló el sombrero y se dispuso a salir. Como la cosa más natural, hice lo mismo.

»—Cómo, ¿viene usted conmigo, Watson? —me preguntó, mirándome de una forma muy peculiar.

»—Eso depende de que se dirija usted al páramo —le respondí.

»—Sí, eso es lo que voy a hacer.

«—Bien. Sabe usted cuáles son mis instrucciones. Siento entrometerme, pero sin duda recuerda usted lo mucho que Holmes insistió en que no lo dejase solo y sobre todo en que no se internara por el páramo sin compañía.

»Sir Henry me puso la mano en el hombro acompañando el gesto de una cordial sonrisa.

»—Mi querido amigo —dijo—, pese a toda su sabiduría, Holmes no previó algunas de las cosas que han sucedido desde que llegué al páramo. ¿Me entiende? Estoy seguro de que no desea usted convertirse en aguafiestas. He de salir solo.

»Sus palabras me colocaron en una situación muy incómoda. No sabía qué hacer ni qué decir y antes de que tomara una decisión Sir Henry cogió el bastón y se marchó.

»Pero cuando empecé a reflexionar sobre el asunto, mi conciencia me reprochó amargamente que lo perdiera de vista, cualquiera que fuese el pretexto. Imaginé cómo me sentiría si tuviera que presentarme ante usted y confesarle que había sucedido una desgracia por no seguir sus instrucciones al pie de la letra. Le aseguro que se me encendieron las mejillas ante semejante idea. Quizá no fuera aún demasiado tarde para alcanzarlo, de manera que me puse al instante en camino hacia la casa Merripit.

»Me apresuré todo lo que pude carretera adelante sin encontrar rastro alguno de Sir Henry hasta llegar al punto en que nace el sendero del páramo. Una vez allí, temiendo que quizá, después de todo, había seguido una dirección equivocada, trepé por una colina —utilizada en otro tiempo como cantera de granito negro—, desde donde se divisa un panorama bastante amplio. Una vez en la cima vi de inmediato a Sir Henry. Se hallaba en el sendero del páramo, a unos cuatrocientos o quinientos metros de distancia, y le acompañaba una dama que solo podía ser la señorita Stapleton. Estaba claro que existía un entendimiento entre ellos y que se habían dado cita. Caminaban despacio, absortos en la conversación que mantenían, y vi que ella hacía rápidos movimientos con las manos como si pusiera mucha vehemencia en sus palabras mientras él escuchaba con atención y una o dos veces movía la cabeza en un gesto enérgico de desacuerdo. Permanecí entre las rocas contemplándolos, sin saber en absoluto lo que debía hacer a continuación. Acercarme e interrumpir una conversación tan íntima parecía inconcebible. Mi deber, sin embargo, era muy claro: no perder de vista a Sir Henry. Actuar como espía tratándose de un amigo era una tarea odiosa. No fui capaz de encontrar mejor línea de acción que seguir observándolos desde la colina y luego descargarme la conciencia confesando a Sir Henry lo que había hecho. Es cierto que si le hubiera amenazado algún peligro repentino, habría estado demasiado lejos para serle de utilidad, pero sin duda convendrá usted conmigo en que mi situación era muy difícil y no estaba en mi mano hacer otra cosa.

»Nuestro amigo el barón y la dama se habían detenido en la senda y seguían hablando absortos, cuando observé de repente que no era yo el único testigo de su entrevista. Una mancha verde que flotaba en el aire atrajo mi atención y, al mirarla con más detenimiento, vi que iba sujeta a un mango y que la llevaba un hombre que avanzaba por terreno accidentado. Era Stapleton con su cazamariposas. Estaba mucho más cerca de la pareja que yo y daba la impresión de moverse hacia ellos. En aquel instante Sir Henry atrajo de repente a la señorita Stapleton hacia sí y le pasó la mano por la cintura, pero a mí me pareció que ella se esforzaba por separarse y que apartaba el rostro. Nuestro amigo inclinó la cabeza y ella alzó una mano como para protestar. Un instante después vi que se separaban y se volvían bruscamente. Stapleton, que corría velozmente hacia ellos con el absurdo cazamariposas a la espalda, era la causa de la interrupción. Al llegar a su lado empezó a gesticular y casi a bailar de excitación delante de los enamorados. No entendí bien el sentido de la escena, pero me pareció que Stapleton insultaba a Sir Henry a pesar de sus explicaciones y que este último se enfadaba cada vez más al comprobar que el otro se negaba a aceptarlas. La dama se mantenía a un lado en altivo silencio. Finalmente Stapleton se dio la vuelta y llamó de manera imperiosa a su hermana, quien, después de mirar indecisa a Sir Henry, se alejó en su compañía. Los gestos coléricos del naturalista ponían de manifiesto que también la señorita Stapleton había incurrido en su desagrado. El baronet los siguió unos momentos con la vista y luego regresó lentamente por donde había venido con la cabeza baja, convertido en la imagen misma del desaliento.

»No lograba entender lo que significaba todo aquello, pero estaba muy avergonzado por haber presenciado una escena tan íntima sin que mi amigo lo supiera. De manera que corrí colina abajo hasta reunirme con él. Sir Henry tenía el rostro encendido por la cólera y fruncía el ceño como alguien que no sabe en absoluto qué hacer.

»—¡Vaya, Watson! ¿De dónde sale usted? —me preguntó—. ¿No irá a decirme que me ha seguido a pesar de todo?

»Le expliqué lo sucedido: cómo me había parecido imperdonable quedarme atrás, cómo le había seguido y cómo había presenciado todo lo ocurrido. Por un instante los ojos le echaron llamas, pero mi franqueza lo desarmó y se echó a reír de una manera bastante triste.

»—Cualquiera hubiera creído que el centro de esa llanura era un sitio suficientemente apartado —dijo—, pero se diría que todos los habitantes de la zona habían salido a verme cortejar..., ¡y además con muy poco acierto! ¿Dónde tenía usted reservado el asiento?

»—Estaba en esa colina.

»—Una de las últimas filas, ¿no es cierto? Pero Stapleton estaba mucho más cerca. ¿Lo vio acercarse a nosotros?

»—Efectivamente.

»—¿Ha tenido alguna vez la sensación de que esté loco?

»—No. Nunca lo he pensado.

»—Yo tampoco. Siempre me había parecido que estaba en su sano juicio hasta hoy, pero me puede usted creer si le digo que a él o a mí deberían ponernos una camisa de fuerza. ¿Qué es lo que me pasa, de todos modos? Usted lleva varias semanas viviendo conmigo, Watson. Dígamelo con sinceridad ahora mismo. ¿Hay algo que me impida ser un buen esposo para la mujer que ame?

»—Yo diría que no.

»—Sin duda Stapleton no desaprueba mi posición social, de manera que se trata de mi persona. Pero, ¿qué tiene contra mí? Que yo sepa nunca he hecho daño a nadie. Sin embargo, no está dispuesto siquiera a permitir que roce la mano de su hermana.

»—¿Es eso lo que ha dicho?

»—Eso y mucho más. Pero le aseguro, Watson, que a pesar de las pocas semanas transcurridas, desde el primer momento comprendí que estaba hecha para mí y que yo, también..., que la señorita Stapleton era feliz cuando estaba conmigo y eso puedo jurarlo. Hay un brillo en los ojos de una mujer que habla con más claridad que las palabras. Pero Stapleton nunca nos ha dejado a solas y hoy tenía por fin la primera oportunidad de decirle unas palabras sin testigos. Ella se ha alegrado de verme, pero no quería hablar de amor, y me habría impedido mencionarlo si hubiera estado en su mano. No ha hecho más que repetirme que este sitio es muy peligroso y que solo será feliz cuando me haya marchado. Entonces le dije que desde que la vi no tengo ninguna prisa por marcharme y que si realmente quiere que me vaya, la única manera de lograrlo es arreglar las cosas para acompañarme. A continuación le pedí sin más rodeos que se casara conmigo, pero antes de que pudiera responder apareció ese hermano suyo, corriendo hacia nosotros con cara de loco. Se le veía demacrado de rabia y hasta esos ojos suyos tan claros echaban fuego. ¿Qué estaba haciendo con Beryl? ¿Cómo me atrevía a ofrecerle unas atenciones que ella encontraba sumamente desagradables? ¿Acaso creía que por ser baronet podía hacer lo que me viniera en gana? De no tratarse de su hermano habría sabido mejor cómo responderle. Pero dada la situación le dije que mis sentimientos hacia su hermana eran tales que no tenía por qué avergonzarme de ellos y que esperaba que me hiciera el honor de casarse conmigo. Aquello no pareció contribuir a mejorar la situación, de manera que también perdí la paciencia y le respondí quizá con más acaloramiento del debido, si se piensa que estaba ella delante. Y la cosa ha terminado con Stapleton marchándose con su hermana, como usted ha visto, y quedándome tan desconcertado como el que más. Haga el favor de explicarme qué significa todo esto, Watson, y quedaré tan en deuda con usted que nunca podré terminar de pagársela.

»Intenté hallar una o dos explicaciones pero, a decir verdad, también estaba desconcertado. El título nobiliario de nuestro amigo, su fortuna, su edad, su manera de ser y su aspecto están a su favor y no me consta que haya nada en contra suya, si se exceptúa el triste destino que parece perseguir a su familia. Que su propuesta de matrimonio se rechace de manera tan brusca, sin referencia alguna a los deseos de la propia interesada y que la dama misma acepte la situación sin protestar es de todo punto sorprendente. Sin embargo las aguas volvieron a su cauce gracias a la visita que Stapleton en persona hizo al baronet aquella misma tarde. Se presentó para pedir disculpas por su comportamiento grosero de la mañana y, después de una larga entrevista privada con Sir Henry en el estudio, la conversación concluyó con una reconciliación total. Como prueba de ello cenaremos en la casa Merripit el viernes próximo.

»—Tampoco es que ahora me atreva a afirmar que está del todo en su sano juicio —me comentó Sir Henry después de la entrevista—, porque no olvido cómo me miraba mientras corría hacia mí esta mañana, pero tengo que reconocer que nadie podría disculparse con más elegancia.

»—¿Ha dado alguna explicación por su conducta?

»—Su hermana lo es todo en su vida, dice. Eso es bastante lógico y me alegro de que se dé cuenta de lo mucho que vale. Siempre han estado juntos y, según lo que Stapleton cuenta, siempre ha sido un hombre muy solitario sin otra compañía que su hermana, de manera que la idea de perderla le resulta terrible. No se había percatado, ha dicho, de mis sentimientos hacia ella y cuando ha visto con sus propios ojos que era efectivamente así y que podía perderla, la intensidad del sobresalto ha hecho que durante algún tiempo no fuera responsable ni de sus palabras ni de sus acciones. Lamenta mucho lo sucedido y reconoce lo estúpido y lo egoísta que es imaginar que podrá retener toda la vida a una mujer como su hermana. Si ella tiene que dejarlo, prefiere que se trate de un vecino como yo antes que de cualquier otra persona. Pero de todos modos es un golpe para él y le llevará algún tiempo prepararse para encajarlo. Dejará por completo de oponerse si le prometo mantener las cosas como están por espacio de tres meses y contentarme durante ese tiempo con la amistad de su hermana sin exigir su amor. Eso es lo que le he prometido y así han quedado las cosas.

»De manera que eso aclara uno de nuestros pequeños misterios. Ya es algo tocar fondo en algún sitio de esta ciénaga en la que estamos metidos. Ahora sabemos por qué Stapleton miraba con desagrado al pretendiente de su hermana, pese a tratarse de un partido tan conveniente como Sir Henry. Y a continuación paso a ocuparme de otro hilo que ya he separado de esta madeja tan enredada: me refiero al misterio de los sollozos nocturnos, de las lágrimas en el rostro de la señora Barrymore y de los viajes secretos del mayordomo a la ventana con celosía que da a occidente. Felicíteme, mi querido Holmes, y dígame que no le he defraudado como agente suyo y que no lamenta la confianza que me demostró al enviarme aquí. Todos estos puntos han quedado completamente aclarados gracias al trabajo de una noche.

»He dicho «el trabajo de una noche» pero, en realidad han sido dos las noches, porque la primera nos llevamos un buen chasco. Estuve con Sir Henry en su habitación hasta cerca de las tres de la madrugada, pero no oímos otro ruido que las campanadas del reloj en lo alto de la escalera. Fue una velada sumamente melancólica y los dos nos quedamos dormidos en nuestras sillas. Por fortuna no nos desanimamos y decidimos intentarlo de nuevo. A la noche siguiente redujimos la luz de la lámpara y fumamos cigarrillos sin hacer el menor ruido. Era increíble lo despacio que se arrastraban las horas y, sin embargo, nos ayudaba el mismo tipo de paciente interés que debe de sentir el cazador mientras vigila la trampa en la que espera que acabe por caer la pieza. El reloj dio la una, luego las dos y, desesperados, casi habíamos renunciado por segunda vez cuando nos inmovilizamos de repente, olvidados del cansancio y una vez más en tensión. Habíamos oído el crujido de una pisada en el corredor.

»Sentimos pasar a Barrymore por delante del cuarto con mucha cautela y perderse luego en la distancia. Después el baronet abrió la puerta sin hacer ruido y salimos en su persecución. El mayordomo había atravesado la galería y nuestro lado del corredor estaba completamente a oscuras. Nos deslizamos en silencio hasta la otra ala. Llegamos a tiempo de vislumbrar la alta figura de barba negra y hombros arqueados que avanzaba de puntillas hasta entrar por la misma puerta donde le había visto dos noches antes y, también como la vela con su luz, hacía que el marco destacara en la oscuridad, al tiempo que un único rayo amarillo iluminaba la oscuridad del corredor. Nos acercamos cautelosamente, probando las tablas del suelo antes de apoyarnos con todo nuestro peso. Habíamos tenido la precaución de quitarnos las botas, pero incluso así el viejo entarimado crujía y chascaba bajo nuestros pies. A veces parecía imposible que Barrymore no advirtiera nuestra proximidad, pero afortunadamente está bastante sordo y se hallaba absorto en lo que hacía. Cuando por fin llegamos a la habitación y miramos dentro, lo encontramos agachado junto a la ventana, la vela en la mano y el rostro pálido y ensimismado junto al cristal, exactamente igual que dos noches antes.

»Habíamos preparado un plan de campaña, pero para el baronet las formas de actuar más directas son siempre las más naturales, de manera que entró sin más preámbulos en la habitación. Barrymore, jadeante, se irguió de un salto de su sitio junto a la ventana y se inmovilizó, pálido y tembloroso, ante nosotros. Sus ojos oscuros, que resaltaban mucho sobre la máscara blanca que era su rostro, nos miraron a uno tras otro, llenos de horror y de asombro.

»—¿Qué está usted haciendo aquí, Barrymore?

»—Nada, señor —su agitación era tan intensa que apenas podía hablar y la vela que empuñaba le temblaba tanto que las sombras saltaban arriba y abajo—. Es por el viento, señor. Por la noche hago la ronda para ver si las ventanas están bien cerradas.

»—¿En el piso alto?

»—Sí, señor, todas las ventanas.

»—Mire, Barrymore —dijo Sir Henry con gran firmeza—: estamos decididos a que nos diga usted la verdad, de manera que se ahorrará molestias sincerándose cuanto antes. ¡Vamos! ¡Basta de mentiras! ¿Qué hacía usted junto a esa ventana?

»El mayordomo nos miró con aire desvalido y se retorció las manos como alguien que se halla al límite de la duda y del sufrimiento.

»—No hacía nada malo, señor. Solo estaba delante de la ventana con una vela encendida.

»—Y, ¿por qué estaba usted con una vela encendida delante de la ventana?

»—No me lo pregunte, Sir Henry, ¡no me lo pregunte! Le doy mi palabra de que el secreto no me pertenece y no me es posible decírselo. Si solo dependiera de mí no trataría de ocultárselo.

»De repente se me ocurrió una idea y recogí la vela de donde la había dejado el mayordomo.

»—Debe de servirle como señal —dije—. Veamos si hay respuesta.

»Sostuve la vela como lo había hecho él, al mismo tiempo que escudriñaba la oscuridad exterior. Como las nubes ocultaban la luna, solo distinguía vagamente la hilera de árboles y la tonalidad más clara del páramo. Pero enseguida se me escapó un grito de júbilo, porque un puntito de luz amarilla había traspasado de repente el oscuro velo y después siguió brillando de manera uniforme en el centro del rectángulo negro que enmarcaba la ventana.

»—¡Ahí está! —exclamé.

»—No, señor, no. No es nada..., nada en absoluto —intervino el mayordomo—. Le aseguro que...

»—¡Mueva la luz de un lado a otro de la ventana Watson! —exclamó el baronet—. ¿Ve? ¡La otra también se mueve! ¿Qué nos dice ahora, canalla? ¿Sigue negando que es una señal? ¡Vamos, hable! ¿Quién es su compinche y qué fechoría es la que se traen entre manos?

»La expresión de Barrymore se hizo desafiante.

»—Es asunto mío y no suyo. No se lo diré.

»—En ese caso deja usted de estar a mi servicio ahora mismo.

»—Muy bien, señor. Si así ha de ser, así será.

»—Y se marcha deshonrado. Por todos los demonios, ¡tiene usted motivos para avergonzarse de sí mismo! Su familia ha vivido con la mía durante más de cien años bajo este techo y he aquí que lo encuentro metido hasta el cuello en alguna siniestra intriga en mi contra.

»—¡No, señor, no! ¡No en contra de usted!

»Era la voz de una mujer. La señora Barrymore, más pálida y más asustada aún que su marido, se hallaba junto a la puerta. Su voluminosa figura, envuelta en un chal y una falda, podría haber resultado cómica de no ser por la intensidad de los sentimientos que se leían en su rostro.

»—Tenemos que marcharnos, Eliza. Esto es el fin. Ya puedes hacer el equipaje —dijo el mayordomo.

»—¡John, John! ¿Voy a ser la causa de tu ruina? Todo es obra mía, Sir Henry..., yo soy la responsable. Todo lo que ha hecho lo ha hecho por mí y porque se lo he pedido.

»—¡Hable, entonces! ¿Qué significa todo esto?

»—Mi desgraciado hermano se está muriendo de hambre en el páramo. No podemos dejarlo perecer a las puertas mismas de nuestra casa. La luz es una señal para decirle que tiene comida preparada y él, con su luz, nos indica el lugar donde hemos de llevársela.

»—Entonces su hermano es...

»—El preso escapado, señor..., Selden, el criminal.

»—Así es, señor —intervino Barrymore—. Como le he dicho, el secreto no era mío y no se lo podía contar. Pero ahora ya lo sabe, y se dará cuenta de que si había una intriga no era contra usted.

»Esa era, por tanto, la explicación de las sigilosas expediciones nocturnas y de la luz en la ventana. Tanto Sir Henry como yo nos quedamos mirando a la señora Barrymore sin esconder nuestro asombro. ¿Cabía imaginar que aquella persona de respetabilidad tan impasible llevara la misma sangre que uno de los delincuentes más tristemente célebres del país?

»—Sí, señor. Mi apellido de soltera era Selden y el preso es mi hermano pequeño. Le consentimos demasiado cuando niño y le dejamos que hiciera en todo su santa voluntad, por lo que llegó a creer que el mundo no tenía otra finalidad que proporcionarle placeres y que podía hacer lo que le apeteciera. Más tarde, al hacerse mayor, frecuentó malas compañías y el diablo se le metió en el cuerpo, hasta que a mi madre le destrozó el corazón y arrastró nuestro apellido por el barro. De delito en delito fue cayendo cada vez más bajo, hasta que solo la clemencia de Dios lo ha librado del patíbulo. Pero para mí nunca ha dejado de ser el niñito de cabellos rizados al que cuidé y con el que jugué, como cualquier hermana mayor. Esa es la razón de que se escapara, señor. Sabía que vivía en esta casa y que no me negaría a ayudarlo. Cuando se arrastró una noche hasta aquí, agotado y hambriento, con los guardianes pisándole los talones, ¿qué podíamos hacer? Lo recogimos, lo alimentamos y cuidamos. Luego regresó usted, señor, y mi hermano pensó que estaría más seguro en el páramo que en cualquier otro sitio hasta que amainara la persecución, de manera que allí se escondió. Pero cada dos noches nos comunicábamos con él poniendo una luz en la ventana y, si respondía, mi marido le llevaba un poco de pan y carne. Todos los días vivíamos con la esperanza de que se hubiera marchado, pero mientras tanto no podíamos abandonarlo. Soy una buena cristiana y esa es toda la verdad. Comprenda usted que si hemos hecho algo malo, no es mi marido quien tiene la culpa sino yo, porque todo lo que ha hecho lo ha hecho por mí.

»Las palabras de la mujer estaban llenas de una vehemencia que las hacía muy convincentes.

»—¿Es esa la verdad, Barrymore?

»—Sí, Sir Henry. Del principio al fin.

»—Bien. No puedo culparlo por apoyar a su esposa. Olvide lo que le he dicho antes. Vuelvan los dos a su habitación y mañana por la mañana seguiremos hablando de este asunto.

»Cuando se marcharon miramos de nuevo por la ventana. Sir Henry la había abierto y el frío viento nocturno nos golpeaba en la cara. Muy lejos en la oscuridad brillaba aún el puntito de luz amarilla.

»—Me sorprende que se atreva a descubrirse tanto —dijo Sir Henry.

»—Tal vez sitúa la vela de manera que solo sea visible desde aquí.

»—Es muy posible. ¿A qué distancia cree que se encuentra?

»—Calculo que a la altura de Cleft Tor.

»—No más de dos o tres kilómetros.

»—Menos, probablemente.

»—No puede ser muy lejos si Barrymore tenía que llevarle la comida. Y ese canalla está esperando junto a la vela. ¡Voy a salir a capturarlo!

»La misma idea me había pasado por la cabeza. No era como si los Barrymore nos hubieran hecho una confidencia. Les habíamos arrancado el secreto a la fuerza. Aquel individuo era un peligro para la comunidad, un delincuente implacable que no tenía excusa ni merecía compasión. No hacíamos más que cumplir con nuestro deber al aprovechar la oportunidad de devolverlo de nuevo a donde no pudiera hacer daño. Debido a su carácter brutal y violento, otros tendrían que pagar las consecuencias si nos cruzábamos de brazos. Cualquier noche, por ejemplo, podía atacar a nuestros vecinos los Stapleton, y tal vez esa idea hizo que Sir Henry se interesara tanto por aquella aventura.

»—Le acompañaré —dije.

»—Entonces recoja su revólver y póngase las botas. Cuanto antes salgamos mejor, porque ese individuo puede apagar la luz y marcharse.

»Cinco minutos después habíamos iniciado nuestra expedición. Apresuramos el paso entre los oscuros arbustos, en medio de los apagados gemidos del viento del otoño y del crujir de las hojas caídas. El aire nocturno estaba cargado de olor a humedad y a putrefacción. De cuando en cuando la luna se asomaba unos instantes, pero las nubes casi cubrían el cielo por completo y en el momento en que salíamos al páramo empezó a caer una lluvia ligera. La luz seguía brillando delante de nosotros.

»—¿Está usted armado? —pregunté.

»—Tengo una fusta.

»—Hemos de caer sobre él rápidamente, porque se dice que es un hombre desesperado. Debemos cogerlo por sorpresa y tenerlo a nuestra merced antes de que se resista.

»—Escuche, Watson, ¿qué diría Holmes de esto? ¿Qué diría sobre esta hora de oscuridad en la que se intensifican los poderes del mal?

»Como en respuesta a sus palabras se alzó de repente, en la inmensa tristeza del páramo, el extraño sonido que había oído cerca de la gran ciénaga de Grimpen. Nos llegó traído por el viento a través del silencio de la noche. Un murmullo largo y profundo, luego un aullido cada vez más poderoso y finalmente el triste gemido con que acababa. Resonó una y otra vez, todo el aire palpitando con él, estridente, salvaje y amenazador. El baronet me cogió de la manga y palideció tanto que el rostro le brilló tenuemente en la oscuridad.

»—¡Cielo santo! ¿Qué ha sido eso, Watson?

»—No lo sé. Se trata de un sonido que se oye en el páramo. Es la segunda vez que lo escucho.

»Los aullidos cesaron y un silencio absoluto descendió sobre nosotros. Aguzamos el oído, pero sin el menor resultado.

»—Watson —dijo el baronet—, eso era el aullido de un sabueso.

»La sangre se me heló en las venas, porque la voz se le quebró de una manera que ponía de manifiesto el terror repentino que se había apoderado de él.

»—¿Qué dicen de ese sonido? —preguntó.

»—¿Quiénes?

»—Los habitantes de la zona.

»—Bah, son gente ignorante. ¿Qué más le da lo que digan?

»—Cuéntemelo, Watson. ¿Qué es lo que dicen?

»Vacilé un momento, pero no podía escabullirme.

»—Dicen que es el aullido del sabueso de los Baskerville.

»Sir Henry dejó escapar un gemido y luego guardó silencio unos instantes.

»—Era un sabueso —dijo por fin—, pero parecía venir de una distancia de varios kilómetros en aquella dirección, según creo.

»—Es difícil saber de dónde procedía.

»—Subía y bajaba con el viento. ¿No es esa la dirección de la gran ciénaga de Grimpen?

»—Sí, es esa.

»—Bien, pues era por allí. Dígame la verdad, ¿a usted no le pareció también que era el aullido de un sabueso? Ya no soy un niño. No tenga reparos en decirme la verdad.

»—Stapleton se hallaba conmigo la otra vez. Dijo que podía ser el canto de un extraño pájaro.

»—No, no. Era un sabueso. Dios mío, ¿habrá algo de verdad en todas esas historias? ¿Es posible que esté realmente en peligro por una causa tan misteriosa? Usted no lo cree, ¿no es así, Watson?

»—No, claro que no.

»—Y sin embargo una cosa es reírse de ello en Londres y otra muy distinta estar aquí en la oscuridad del páramo y oír un aullido como ese. ¡Y mi tío! Encontraron las huellas del sabueso muy cerca de donde cayó. Todo concuerda. No creo ser cobarde, Watson, pero ese sonido me ha helado la sangre. ¡Tóqueme la mano!

»Estaba tan fría como un bloque de mármol.

»—Mañana se encontrará usted perfectamente.

»—No creo que la luz del día consiga sacarme ese aullido de la cabeza. ¿Qué le parece que hagamos ahora?

»—¿Quiere que regresemos?

»—No. Hemos salido a capturar a nuestro hombre y eso es lo que haremos. Nosotros vamos tras el preso y es probable que un sabueso del infierno vaya tras de nosotros. Adelante. Haremos lo que nos hemos propuesto hacer aunque corran por el páramo todos los demonios del averno.

»Proseguimos lentamente nuestro camino en la oscuridad, con la borrosa silueta de las colinas cubiertas de peñascos a nuestro alrededor y el punto de luz amarilla brillando delante de nosotros. No hay nada tan engañoso como la distancia de una luz en una noche oscura como boca de lobo y unas veces el resplandor parecía estar tan lejano como el horizonte y otras encontrarse a pocos metros. Pero finalmente vimos de dónde procedía y entonces supimos que estábamos muy cerca. Una vela muy derretida estaba clavada en una grieta entre las rocas que la flanqueaban por ambos lados para protegerla del viento y también para lograr que solo fuera visible desde la mansión de los Baskerville. Una roca de granito nos ocultó mientras nos acercábamos y pudimos asomarnos por encima para contemplar la luz de la señal. Era extraño ver aquella vela solitaria ardiendo allí, en mitad del páramo, sin el menor signo de vida a su alrededor. Tan solo la llama amarilla y el brillo de las rocas a ambos lados.

»—¿Y ahora qué hacemos? —susurró Sir Henry.

»—Esperar aquí. Tiene que estar cerca. Quizá podamos verlo.

»Apenas pronunciadas aquellas palabras lo vimos ambos. Sobre las rocas, en la grieta donde ardía la vela, surgió un maligno rostro amarillo, una terrible cara bestial, toda ella marcada y arrugada por las pasiones más viles. Manchada de cieno, con una barba áspera y coronada de cabellos enmarañados, podía muy bien haber pertenecido a uno de aquellos antiguos salvajes que habitaban en los refugios de las colinas. La luz de abajo se reflejaba en sus ojillos astutos, que escudriñaban con fiereza la oscuridad a derecha e izquierda, como un animal taimado y salvaje que ha oído pasos de cazadores.

»Sin duda algo había despertado sus sospechas. Puede que Barrymore acostumbrara a darle alguna señal privada que nosotros habíamos omitido o bien nuestro hombre tenía alguna otra razón para pensar que las cosas no marchaban como debían. En cualquier caso el miedo era visible en sus perversas facciones y de un momento a otro podía apagar la luz de un manotazo y esfumarse en la oscuridad. Salté hacia adelante y Sir Henry me imitó. En el mismo instante el preso nos lanzó una maldición y tiró una piedra que se hizo añicos contra la roca que nos había cobijado. Aún vislumbré por un momento su silueta rechoncha y musculosa mientras se ponía en pie y giraba en redondo para escapar. Por una feliz coincidencia la luna salió entonces de entre las nubes. Alcanzamos a toda prisa la cima de la colina y vimos que nuestro hombre descendía a gran velocidad por la otra ladera, saltando por encima de las rocas que hallaba en su camino con la agilidad de una cabra montés. Con suerte tal vez habría podido detenerlo con un disparo de mi revólver, pero la finalidad de aquella arma era tan solo defenderme si se me atacaba y no disparar contra un hombre desarmado que huía.

»Tanto el baronet como yo somos aceptables corredores y estamos en buena forma, pero pronto descubrimos que no teníamos posibilidad alguna de alcanzarlo. Seguimos viéndolo durante un buen rato a la luz de la luna, hasta que se convirtió en un puntito que avanzaba con celeridad entre las rocas que salpicaban la falda de una colina distante. Corrimos y corrimos hasta quedar completamente agotados, pero la distancia era cada vez mayor. Finalmente nos detuvimos y nos sentamos, jadeantes, en sendas rocas, desde donde seguimos viéndolo hasta que se perdió en la lejanía.

»Y en aquel momento —cuando nos levantábamos de las rocas para darnos la vuelta y regresar a casa— abandonada la inútil persecución, ocurrió la cosa más extraña e inesperada. La luna quedaba muy baja hacia la derecha, y la cima dentada de un risco de granito se alzaba hasta la parte inferior de su disco de plata. Allí, recortada con la negrura de una estatua de ébano sobre el fondo brillante vi, encima del risco, la figura de un hombre. No piense que fue una alucinación, Holmes. Le aseguro que en toda mi vida no he visto nada con mayor claridad. Hasta donde alcanzo, era la figura de un hombre alto y delgado. Mantenía las piernas un poco separadas, estaba cruzado de brazos e inclinaba la cabeza como si meditara sobre el enorme desierto de turba y granito que quedaba a su espalda. Podía haber sido el espíritu mismo de aquel terrible lugar. Desde luego no era el preso. Aquel hombre se hallaba muy lejos del sitio donde el otro había desaparecido. Además era mucho más alto. Con una exclamación de sorpresa quise mostrárselo al baronet, pero durante el momento en que me volví para agarrarlo del brazo, la figura desapareció. La cima dentada del risco seguía cortando el borde inferior de la luna, pero ya no quedaba el menor rastro de la figura silenciosa e inmóvil.

»Quise marchar en aquella dirección e investigar los alrededores del risco, pero quedaba bastante lejos. Los nervios del baronet seguían en tensión a consecuencia de aquel aullido que le había recordado la oscura historia de su familia y no estaba de humor para nuevas aventuras. Tampoco había visto al hombre solitario sobre el risco y no sentía la emoción que su extraña presencia y su aire de autoridad me habían producido. «Un vigilante del penal, sin duda» dijo. «Abundan en el páramo desde que se escapó ese sujeto». Cabe que esa explicación sea la justa, pero me gustaría tener pruebas más concluyentes. Hoy nos proponemos hacer saber a las autoridades de Princetown dónde tienen que buscar al huido, pero sentimos no haberlo capturado nosotros. Tales son las aventuras de la pasada noche y tendrá usted que reconocer, mi querido Holmes, que no le estoy fallando en materia de información. Mucho de lo que le cuento no tiene, sin duda, mayor importancia, pero sigo pensando que lo mejor es transmitirle todos los hechos y dejarle que elija usted los que le resulten más útiles. No hay duda de que estamos haciendo progresos. Por lo que se refiere a los Barrymore, hemos descubierto el motivo de sus acciones y eso ha aclarado mucho la situación. Pero el páramo con sus misterios y sus extraños habitantes sigue tan inescrutable como siempre. Quizá en mi próxima comunicación esté también en condiciones de arrojar alguna luz sobre eso. Aunque lo mejor sería que viniera usted a reunirse con nosotros.»

X

FRAGMENTO DEL DIARIO DEL DOCTOR WATSON

Hasta este momento he podido utilizar los informes que envié a Sherlock Holmes durante los primeros días de mi estancia en el páramo. Pero he llegado a un punto en mi narración en el que me veo obligado a abandonar ese método y recurrir una vez más a mis recuerdos, con la ayuda del diario que llevaba por entonces. Algunos fragmentos de este último me permitirán enlazar con las escenas que están permanentemente grabadas en mi memoria. Continúo, por lo tanto, en la mañana siguiente a nuestra infructuosa persecución de Selden y a nuestras extrañas experiencias en el páramo.

> «16 de octubre. —Día brumoso y gris con algo de llovizna. La casa está cubierta de nubes en movimiento que se abren de vez en cuando para mostrar las monótonas curvas del páramo, con delgadas vetas plateadas en las faldas de las colinas y rocas distantes que brillan cuando sus húmedas superficies reflejan la luz. Reina la melancolía fuera y dentro. El baronet ha reaccionado mal ante las emociones de la noche pasada. Yo mismo me noto un peso en el corazón y el sentimiento de la inminencia de un

peligro siempre al acecho, precisamente más terrible porque no soy capaz de definirlo.

»Y, ¿acaso no está justificado ese sentimiento? Piénsese en la larga sucesión de incidentes que delatan las fuerzas siniestras que actúan a nuestro alrededor. Primero, la muerte del anterior ocupante de la mansión, en la que se cumplieron con toda exactitud las condiciones de la leyenda familiar y, en segundo lugar, las repetidas afirmaciones por parte de los campesinos de la zona de que ha aparecido en el páramo una extraña criatura. En dos ocasiones he escuchado un sonido que recuerda el aullido distante de un sabueso. No puede tratarse de algo ajeno a las leyes ordinarias de la naturaleza. Un sabueso espectral que deje huellas visibles y que llene el aire con sus aullidos es sin duda impensable. Quizá Stapleton acepte esa superstición y a Mortimer tal vez le suceda lo mismo. Pero si tengo una cualidad es el sentido común y nada logrará convencerme de una cosa así. Hacerlo sería rebajarse al nivel de esos pobres campesinos que no se contentan con un simple perro asilvestrado, sino que necesitan describirlo arrojando fuego del infierno por ojos y boca. Holmes nunca prestaría atención a semejantes fantasías y soy su representante. Pero los hechos son los hechos y he oído dos veces ese aullido en el páramo. Supongamos que hubiera realmente un enorme sabueso en libertad; eso contribuiría mucho a explicarlo todo. Pero, ¿dónde se escondería, dónde conseguiría la comida, de dónde procedería, cómo sería posible que nadie lo hubiera visto durante el día?

»Hay que confesar que la teoría del perro de carne y hueso presenta casi tantas dificultades como la otra. Y además, dejando de lado al sabueso, queda la intervención del individuo del cabriolé en Londres y la carta en la que se advertía a Sir Henry del peligro que corría. Eso por lo menos es real, pero tanto podría ser obra de un amigo deseoso de protegerlo como de un enemigo. ¿Dónde está ahora ese amigo o enemigo? ¿Se ha quedado en Londres o nos ha seguido hasta el páramo? ¿Podría ser..., podría ser el desconocido que vi sobre el risco?

»Es verdad que solo lo contemplé unos instantes, pero hay algunas cosas de las que estoy completamente seguro. Como conozco a todos nuestros vecinos puedo afirmar que no es ninguno de ellos. El individuo que estaba sobre el risco era más alto que Stapleton y más delgado que Frankland. Cabría que se tratara de Barrymore, pero lo dejamos en la mansión y estoy seguro de que no pudo seguirnos. Por lo tanto hay un desconocido que nos sigue aquí de la misma manera que un desconocido nos siguió en Londres. No nos hemos librado de él. Si pudiera ponerle las manos encima, tal vez resolviéramos todas nuestras dificultades. A esta única finalidad debo consagrar todas mis energías a partir de ahora.

»Mi primer impulso fue contar mis planes a Sir Henry. El segundo y más prudente ha sido hacer mi juego y hablar lo menos posible. El baronet está silencioso y distraído. El aullido en el páramo lo ha conmocionado extrañamente. No diré nada que contribuya a aumentar su ansiedad, pero tomaré las medidas oportunas para lograr lo que me propongo.

»Esta mañana tuvimos una pequeña escena después del desayuno. Barrymore pidió permiso para hablar con Sir Henry y se encerraron en el estudio del baronet durante unos minutos. Desde mi asiento en la sala de billar oí más de una vez cómo ambos alzaban la voz y reconozco que tenía una idea bastante exacta del motivo de la discusión. Finalmente Sir Henry abrió la puerta y me llamó.

»—Barrymore considera que tiene motivos para quejarse —dijo—. Opina que no hemos sido justos al dar caza a su cuñado cuando él, libremente, nos había revelado el secreto.

»El mayordomo se hallaba delante de nosotros, muy pálido pero muy dueño de sí mismo.

»—Quizá haya hablado con demasiado calor —dijo— y, en ese caso, le pido sinceramente que me perdone. Pero me ha sorprendido mucho enterarme de que han regresado ustedes de madrugada y de que han estado persiguiendo a Selden. El pobrecillo ya tiene suficientes enemigos sin necesidad de que yo contribuya a crearle más.

»—Si nos lo hubiera usted revelado por decisión propia, habría sido distinto —dijo el baronet—. Pero nos lo contó (o más bien lo hizo su mujer) cuando le obligamos y no tuvo otro remedio.

»—Nunca pensé que se aprovechara de ello, Sir Henry. Nunca lo hubiera creído.

»—Ese hombre es un peligro público. Hay casas solitarias repartidas por el páramo y Selden no se detendría ante nada. Basta con ver su rostro un instante para darse cuenta. Piense, por ejemplo, en la casa del señor Stapleton, sin nadie excepto él para defenderla. Todo el mundo correrá peligro hasta que se le vuelva a poner a buen recaudo.

»—Selden no entrará en ninguna casa, señor. Le doy solemnemente mi palabra. Ni volverá a molestar a nadie en este país. Le aseguro, Sir Henry, que dentro de muy pocos días se habrán tomado las medidas necesarias y estará camino de América del Sur. Por el amor de Dios, señor, le ruego que no informe a la policía de que mi cuñado sigue aún en el páramo. Han abandonado la persecución y será un buen refugio hasta que el barco esté preparado. Y si lo denuncia nos causará problemas a mi mujer y a mí. Se lo suplico, señor, no diga nada a la policía.

»—¿Qué opina usted, Watson?

»Me encogí de hombros.

»—Si Selden saliera del país sin causar problemas los contribuyentes se verían libres de una carga.

»—Pero, ¿qué me dice de la posibilidad de que asalte a alguien antes de marcharse?

»—No hará una locura semejante, señor. Le hemos proporcionado todo lo que necesita. Cometer un delito sería lo mismo que proclamar dónde está escondido.

»—Eso es cierto —dijo Sir Henry—. Bien, Barrymore...

»—¡Que Dios le bendiga! ¡Se lo agradezco de todo corazón! Mi pobre mujer se moriría de pena si lo capturasen otra vez.

»—Supongo que estamos haciéndonos cómplices de un delito, ¿no es eso, Watson? Pero después de lo que acabamos de oír no me creo capaz de entregar a ese hombre, de manera que punto final. De acuerdo, Barrymore, puede usted marcharse.

»Con unas inconexas palabras de gratitud el mayordomo se dirigió hacia la puerta, pero luego vaciló y volvió sobre sus pasos.

»—Se ha portado usted tan bien con nosotros, señor, que, a cambio, quisiera hacer por usted todo lo que esté en mi mano. Sé algo, Sir Henry, que quizá debiera haber dicho antes, pero solo lo descubrí mucho tiempo después de terminada la investigación. Nunca lo he comentado con nadie. Y tiene que ver con la muerte del pobre Sir Charles.

»Tanto el baronet como yo nos pusimos en pie.

»—¿Acaso sabe usted cómo murió?

»—No, señor, eso no lo sé.

»—¿De qué se trata, entonces?

»—Sé por qué estaba en el portillo a aquella hora. Se había citado con una mujer.

»—¿Citado con una mujer? ¿Sir Charles?

»—Sí, señor.

»—¿Sabe usted quién era?

» —No le puedo decir el nombre, señor, pero sí las iniciales: L. L.

—¿Cómo ha sabido usted todo eso, Barrymore?

—Verá. Sir Henry, su tío, recibió una carta aquella mañana. Generalmente recibía muchas a diario porque era un hombre conocido y todo el mundo se hacía eco de su buen corazón, así que las personas con problemas recurrían a él. Pero aquella mañana, por casualidad, solo recibió una carta, de manera que me fijé más en ella. Venía de Coombe Tracey y la letra del sobre era de mujer.

»—¿Y?

»—Verá, señor. No hubiera vuelto a pensar en ello de no ser por mi mujer que, hace tan solo unas semanas, cuando estaba limpiando el estudio de Sir Charles, que no se había tocado desde su muerte, encontró las cenizas de una carta en el hogar de la chimenea. Aunque las cuartillas estaban prácticamente carbonizadas había un trocito, el final de una página, que no se había disgregado y aún era posible leer lo que estaba escrito, en gris sobre fondo negro. Nos pareció que se trataba de una postdata y decía lo siguiente: «Por favor, por favor, como es usted un caballero, queme esta carta y esté junto al portillo a las diez en punto». Debajo alguien había firmado con las iniciales L. L.

»—¿Ha conservado ese trocito de papel?

»—No, señor. Se deshizo cuando lo movimos.

»—¿Había recibido Sir Charles otras cartas con la misma letra?

»—A decir verdad, no me fijaba mucho en sus cartas. Y tampoco me hubiera fijado en esa de no llegar sola.

»—¿Y no tiene idea de quién pueda ser L. L.?

»—No, señor. Estoy tan a oscuras como usted. Pero creo que si pudiéramos localizar a esa dama sabríamos más acerca de la muerte de Sir Charles.

»—Lo que no entiendo, Barrymore, es cómo ha podido ocultar una información tan importante.

»—Compréndalo, señor. Nuestros problemas empezaron inmediatamente después y, por otra parte, como es lógico, si se piensa en todo lo que hizo por nosotros, los dos sentíamos un gran cariño por Sir Charles. Revolver en ese asunto no podía ayudar a nuestro pobre señor y conviene andar con tiento cuando hay una dama por medio. Hasta los mejores de entre nosotros...

»—¿Cree usted que podría dañar su reputación?

»—Verá, señor. Pensé que no saldría nada bueno. Pero después de haberse portado usted tan bien con nosotros, me parece que le trataría injustamente si no le contara todo lo que sé.

»—Muy bien, Barrymore. Puede marcharse.

»Cuando el mayordomo nos hubo dejado Sir Henry se volvió hacia mí.

»—Bueno, Watson, ¿qué piensa usted de esta nueva pista?

»—Me parece que solo sirve para aumentar la oscuridad.

»—Eso pienso. Pero si pudiéramos encontrar a L. L. se aclararía todo este asunto. Al menos algo hemos ganado. Sabemos que hay una persona que conoce los hechos y lo único que necesitamos es encontrarla. ¿Qué cree que debemos hacer?

»—Informar a Holmes inmediatamente. Le proporcionará el indicio que ha estado buscando. Y o mucho me equivoco o eso hará que se presente aquí.

»Regresé inmediatamente a mi habitación y redacté para Holmes el informe sobre nuestra conversación matutina. Era evidente que mi amigo había estado muy ocupado últimamente, porque las notas que me llegaban de Baker Street eran pocas y breves, sin comentarios sobre la información que le había suministrado y casi sin referencia alguna a mi misión. No había duda de que el caso del chantaje absorbía todas sus facultades. Y, sin embargo, este nuevo factor debería con toda seguridad llamar su atención y renovar su interés. Ojalá estuviese aquí.

»17 de octubre. —Ha llovido a cántaros todo el día, y las gotas resuenan sobre la hiedra y caen desde los aleros. Me he acordado del fugitivo en el frío páramo desolado, sin sitio donde guarecerse. ¡Pobrecillo! Sean cuales fueran sus delitos, está sufriendo para expiarlos. Y luego me acordé del otro, el rostro en el cabriolé, de la figura recortada contra la luna. ¿También el que vigilaba sin ser visto, el hombre de la oscuridad, se hallaba a la intemperie bajo aquel diluvio? A la caída de la tarde me puse el impermeable y paseé hasta muy lejos por el páramo empapado de agua, lleno de imágenes oscuras, con la lluvia golpeándome el rostro y el viento silbándome en los oídos. Que Dios tenga de su mano a quienes se acerquen a la gran ciénaga en tales momentos, porque incluso las tierras altas, normalmente firmes, se están convirtiendo en un pantano. Encontré el Risco Negro sobre el que había visto al vigía solitario y desde su cima dentada contemplé las melancólicas lomas. Ráfagas de lluvia iban a la deriva sobre sus superficies rojizas y las densas nubes de color pizarra colgaban muy bajas sobre el paisaje, cayendo en jirones grises por las laderas de las fantásticas colinas. En la lejana concavidad hacia la izquierda, escondidas a medias por la niebla, se alzaban por encima de los árboles las dos delgadas torres de la mansión de los Baskerville. Eran los únicos signos visibles de vida humana, si se exceptúan los refugios prehistóricos que tanto abundan en las faldas de las colinas. En ningún sitio había rastro alguno del extraño vigía del páramo.

»Mientras regresaba a la mansión me alcanzó el doctor Mortimer que conducía su coche de dos ruedas por un tosco sendero, de regreso de la remota granja de Foulmire. Ha estado siempre pendiente de nosotros y apenas ha pasado un día sin presentarse por la mansión para ver cómo nos va. Me insistió para que subiera al coche y le acompañara hasta la casa. Lo encontré muy preocupado por la desaparición de su pequeño spaniel, que se había adentrado por el páramo y no había vuelto. Lo consolé como pude, pero al acordarme del poni sepultado en la ciénaga de Grimpen, temí que no volviera a ver a su perrito.

»—Por cierto, Mortimer —le dije mientras avanzábamos a saltos por aquel camino tan desigual—, supongo que serán muy pocas las personas de la zona que usted no conozca.

»—Prácticamente ninguna, creo.

»—¿Puede usted, en ese caso, decirme el nombre de alguna mujer cuyas iniciales sean L. L.?

»El doctor Mortimer estuvo pensando unos minutos.

»—No —dijo—. Hay algunos gitanos y jornaleros de los que no puedo responder, pero entre los granjeros o la burguesía y pequeña nobleza no hay nadie con iniciales como esas. Espere un momento —añadió, después de una pausa—. Está Laura Lyons, sus iniciales son L. L., aunque vive en Coombe Tracey.

»—¿Quién es? —pregunté.

»—Es la hija de Frankland.

»—¿Cómo? ¿Frankland el viejo chiflado?

»—Exactamente. Se casó con un artista llamado Lyons que vino a hacer unos bocetos en el páramo. Resultó ser un sinvergüenza y la abandonó. Aunque quizá la culpa, por lo que he oído, no fuera toda del pintor. Su padre se negó a tener nada que ver con ella porque se había casado sin su consentimiento y quizá también por una o dos razones más. De manera que entre los dos pecadores, el viejo y el joven, la pobre chica lo ha pasado bastante mal.

»—¿Cómo vive?

»—Imagino que su padre le pasa una asignación, pero debe de ser una miseria, porque la situación económica de Frankland deja mucho que desear. Por mal que se hubiera portado, no se podía consentir que se hundiera definitivamente. Su historia llegó a saberse y varias personas de los alrededores colaboraron para permitirle que se ganara la vida honradamente. Stapleton fue uno de ellos y Sir Charles otro. También contribuí modestamente. Se trataba de que pusiera en marcha un servicio de mecanografía.

»Mortimer quiso saber el motivo de mis investigaciones, pero logré satisfacer su curiosidad sin decirle demasiado, porque no hay razón para confiar en nadie. Mañana por la mañana me pondré en camino hacia Coombe Tracey y si puedo ver a la señora Laura Lyons, de dudosa reputación, se habrá dado un gran paso para aclarar uno de los incidentes de esta cadena de misterios. Sin duda estoy adquiriendo la prudencia de la serpiente, porque cuando Mortimer insistió en sus preguntas hasta extremos inconvenientes, me interesé como por casualidad por el tipo de cráneo de Frankland, de manera que solo oí hablar de craneología durante el resto del trayecto. De algo ha de servirme haber vivido durante años con Sherlock Holmes.

»Solo tengo un último incidente que anotar en este melancólico día de tormenta. Se trata de mi conversación con Barrymore de hace unos instantes: el mayordomo me ha proporcionado un triunfo más que podré utilizar en su momento.

»Mortimer se ha quedado a cenar y el baronet y él han jugado después al *écarté*[74]. El mayordomo me ha llevado el café a la librería y he aprovechado la oportunidad para hacerle unas preguntas.

»—Bien —dije—, ¿se ha marchado ya ese inapreciable pariente suyo o sigue todavía escondido en el páramo?

»—No lo sé, señor. Le pido a Dios que se haya ido,

74 Juego de naipes para dos jugadores originario de Francia muy popular en el siglo XIX. El nombre del juego literalmente significa descarte.

porque a nosotros no nos ha causado más que problemas. No he sabido nada de él desde que le dejé comida la última vez, y de eso hace tres días.

»—¿Usted lo vio?

»—No, señor. Pero la comida había desaparecido cuando volví a pasar por allí.

»—Entonces, ¿es seguro que sigue en el páramo?

»—Parece lo lógico, señor, a no ser que se la haya llevado el otro.

»No terminé de llevarme la taza a la boca y miré fijamente a Barrymore.

»—Entonces, ¿usted sabe que hay otro hombre?

»—Sí, señor. Hay otro hombre en el páramo.

»—¿Lo ha visto?

»—No, señor.

»—¿Cómo sabe de su existencia?

»—Selden me habló de él hace una semana o poco más. También se esconde, pero no es un preso, por lo que he podido deducir. No me gusta nada, doctor Watson. Le digo con toda sinceridad que no me gusta nada —hablaba con repentina vehemencia.

»—Ahora escúcheme, Barrymore. No tengo otro interés en este asunto que el de su señor. Estoy aquí para ayudarlo. Dígame, con toda franqueza, qué es lo que no le gusta.

»Barrymore vaciló un momento, como si lamentara su arranque o le resultara difícil expresar con palabras sus sentimientos.

»—Son todas estas cosas que están pasando —exclamó por fin, agitando la mano en dirección a la ventana que daba al páramo, golpeada por la lluvia—. Se está jugando sucio en algún sitio y se está tramando alguna maldad muy negra, ¡eso lo puedo jurar! ¡Me alegraría mucho de que Sir Henry volviera a Londres!

»—Pero, ¿qué es lo que le inquieta?

»—¡Fíjese en la muerte de Sir Charles! Aquello fue terrible, a pesar de todo lo que dijera el coroner. Fíjese en los ruidos que se oyen en el páramo por la noche. No hay una sola persona que quiera cruzarlo después de ponerse el sol ni aunque le paguen por hacerlo. ¡Fíjese en ese desconocido que se esconde, que vigila y espera! ¿Qué es lo que espera? ¿Qué significa todo eso? Seguro que no significa nada bueno para cualquiera que se llame Baskerville y me marcharé con mucho gusto el día que los nuevos criados puedan hacerse cargo de la mansión.

»—Pero, en cuanto a ese desconocido —dije—, ¿no sabe usted nada más acerca de él? ¿Qué le contó Selden? ¿Había descubierto dónde se escondía o qué era lo que estaba haciendo?

»—Lo vio una o dos veces, pero es muy astuto y no enseña su juego. Al principio mi cuñado pensó que era de la policía, pero pronto comprendió que trabaja por su cuenta. Alguien muy parecido a un caballero, por lo que él juzga, pero no consiguió averiguar qué era lo que estaba haciendo.

»—Y, ¿dónde le dijo que vivía?

»—En los viejos refugios de las colinas. Los viejos refugios de piedra donde vivían los antiguos.

»—Pero, ¿cómo se las arregla para comer?

»—Selden descubrió que tiene un chico que trabaja para él y le lleva todo lo que necesita. Imagino que va a buscarlo a Coombe Tracey.

»—Muy bien, Barrymore. Quizá sigamos hablando de todo esto en otro momento.

»Después de que el mayordomo se marchara me acerqué a la ventana y, a través del cristal empañado, contemplé las nubes veloces y las siluetas estremecidas de los árboles agitados por el viento. Es una noche terrible dentro de casa, pero ¿cómo será en un refugio de piedra en el páramo? ¿Qué intensidad en el odio puede hacer que un hombre aceche en un sitio así en semejante momento? ¿Y qué puede ser lo que se propone que le exige someterse a semejante prueba? Allí, en ese habitáculo que se abre al páramo, parece hallarse el centro mismo del problema que tantos disgustos me está causando. Juro que no pasará un día más sin que haya hecho todo lo que esté en mi mano para llegar al fondo del misterio.»

XI

El hombre del risco

El fragmento de mi diario que he utilizado en el último capítulo sitúa la narración en el 18 de octubre, momento en que los extraños acontecimientos de las últimas semanas se encaminaban rápidamente hacia su terrible desenlace. Los incidentes de los días que siguieron han quedado inolvidablemente grabados en mi memoria y estoy en condiciones de relatarlos sin recurrir a las notas que tomé en aquel momento. Comienzo, por lo tanto, un día después de que lograra establecer dos hechos de gran importancia: el primero que la señora Laura Lyons de Coombe Tracey había escrito a Sir Charles Baskerville para citarse con él precisamente a la hora y en el sitio donde el baronet encontró la muerte; y el segundo que al hombre al acecho en el páramo se le podía encontrar en los refugios de piedra de las colinas. Con aquellos dos datos en mi poder, llegué a la conclusión de que si no me hallaba completamente desprovisto ni de inteligencia ni de valor, tendría que arrojar por fin alguna luz sobre tanta oscuridad.

No encontré momento para contar al baronet lo que había averiguado la noche anterior acerca de la señora Lyons, porque el doctor Mortimer se quedó jugando con él a las cartas hasta muy tarde. A la hora del desayuno, sin embargo, le informé de mi descubrimiento y le pregunté si quería acompañarme a

Coombe Tracey. Al principio se mostró deseoso de hacerlo, pero al pensarlo con más calma llegamos ambos a la conclusión de que el resultado sería mejor si iba solo. Cuanto más oficial hiciéramos la visita, menos información obtendríamos. Dejé a Sir Henry en casa, aunque no sin ciertos remordimientos, y me puse en camino para emprender la nueva investigación.

Al llegar a Coombe Tracey le dije a Perkins que buscara acomodo a los caballos e hice algunas preguntas para localizar a la dama a la que me proponía interrogar. Encontré sin dificultad su alojamiento, céntrico y bien señalado. Una doncella me hizo pasar sin muchas ceremonias y, al entrar en el salón, la dama que estaba sentada delante de una máquina de escribir marca Remington se puso en pie con una agradable sonrisa de bienvenida. Su expresión cambió, sin embargo, al comprobar que se trataba de un desconocido; acto seguido se sentó de nuevo y preguntó cuál era el objeto de mi visita.

Lo primero que impresionaba de la señora Lyons era su extraordinaria belleza. Tenía los ojos y el cabello de un color castaño muy cálido y sus mejillas, aunque con abundantes pecas, se veían agraciadas con la perfección característica de las morenas: la delicada tonalidad que se esconde en el corazón de la rosa. La admiración era, como digo, la primera impresión. Pero a la admiración sucedía de inmediato la crítica. Había un algo muy sutil que no funcionaba en aquel rostro, una vulgaridad en la expresión, quizá una dureza en la mirada, un rictus en la boca que desvirtuaba esa belleza tan perfecta. Pero todas estas reflexiones son, por supuesto, tardías. En aquel momento no hice más que darme cuenta de que tenía delante a una mujer muy hermosa que me preguntaba cuál era el motivo de mi visita. Y hasta entonces no había entendido bien hasta qué punto era delicada mi misión.

—Tengo el placer —dije— de conocer a su padre.

Era una presentación muy torpe y la señora Lyons no la pasó por alto.

—Mi padre y yo no tenemos nada en común —respondió—. No le debo nada y sus amigos no lo son míos. Si no hubiera sido por el difunto Sir Charles Baskerville y otras personas de buen corazón podría haberme muerto de hambre sin que mi padre moviera un dedo.

—He venido a verla precisamente en relación con el difunto Sir Charles Baskerville.

Las pecas adquirieron mayor relieve sobre el rostro de la dama.

—¿Qué puedo decirle acerca de él? —preguntó, mientras sus dedos jugueteaban nerviosamente con los marginadores de la máquina de escribir.

—Usted lo conocía, ¿no es cierto?

—Ya le he dicho que estoy muy en deuda con su amabilidad. Si soy capaz de mantenerme, se lo debo en gran parte al interés que se tomó al conocer mi desgraciada situación.

—¿Se carteaba usted con él?

La dama levantó rápidamente la vista, con un brillo de cólera en los ojos de color de avellana.

—¿Cuál es el objeto de estas preguntas? —quiso saber, con tono cortante.

—El objeto es evitar un escándalo público. Es mejor hacerlas aquí y evitar que este asunto escape a nuestro control.

La señora Lyons guardó silencio al tiempo que palidecía. Por fin alzó de nuevo los ojos con un algo temerario y desafiante en su actitud.

—Está bien, responderé —dijo—. ¿Qué es lo que quiere saber?

—¿Se carteaba usted con Sir Charles?

—Le escribí por supuesto una o dos veces para agradecerle su delicadeza y su generosidad.

—¿Recuerda usted las fechas de esas cartas?

—No.

—¿Lo conoció usted personalmente?

—Sí, estuve con él una o dos veces, cuando vino a Coombe Tracey. Era un hombre muy reservado y prefería hacer el bien con mucha discreción.

—Si lo vio tan pocas veces y le escribió con tan poca frecuencia, ¿qué fue lo que le impulsó a ayudarla, como usted asegura que hizo?

La señora Lyons resolvió mi objeción con la mayor facilidad.

—Eran varios los caballeros que estaban al tanto de mi triste historia y que se unieron para ayudarme. Uno de ellos, el señor Stapleton, vecino y amigo íntimo de Sir Charles, fue muy amable conmigo, y el baronet supo de mis problemas por mediación suya.

Estaba enterado de que Sir Charles Baskerville había recurrido en diferentes ocasiones a Stapleton como limosnero suyo, de manera que la explicación de mi interlocutora tenía todos los visos de ser cierta.

—¿Escribió usted alguna vez a Sir Charles pidiéndole una cita? —continué.

La señora Lyons enrojeció una vez más, movida por la ira.

—A decir verdad, señor mío, se trata de una pregunta singular.

—Lo siento, señora, pero debo repetírsela.

—En ese caso respondo: desde luego que no.

—¿Ni siquiera el mismo día de la muerte de Sir Charles?

El rubor desapareció en un instante y tuve ante mí una palidez mortal. La sequedad que se apoderó de su boca le impidió pronunciar el «No» que vi más que oí.

—Sin duda la traiciona la memoria —le respondí—. Podría incluso citar un pasaje de su carta. Decía así: «Por favor, por favor, como es usted un caballero, queme esta carta y esté junto al portillo a las diez en punto».

Pensé que se había desmayado, pero se recuperó gracias a un esfuerzo supremo.

—¿Es que ya no quedan caballeros? —jadeó.

—Es usted injusta con Sir Charles, que sí quemó la carta. Pero a veces una carta puede ser legible incluso después de arder. ¿Reconoce que la escribió?

—Sí, lo hice —exclamó, volcando el alma en un torrente de palabras—. La escribí. ¿Por qué tendría que negarlo? No hay motivo para avergonzarme de ello. Quería que me ayudara. Estaba convencida de que si me entrevistaba con él conseguiría que me ayudara, de manera que le pedí una cita.

—Pero, ¿por qué a esa hora?

—Porque acababa de enterarme de que salía para Londres al día siguiente y quizá tardara meses en regresar. Había motivos que me impedían llegar antes a la mansión.

—Pero, ¿por qué una cita en el jardín en lugar de una visita a la casa?

—¿Cree usted que una dama puede entrar sola a esa hora en el hogar de un soltero?

—Bien. ¿Qué sucedió cuando llegó usted allí?

—No fui.

—¡Señora Lyons!

—No, se lo juro por lo más sagrado. No fui. Sucedió algo que me impidió acudir.

—¿Qué fue lo que sucedió?

—Es un asunto privado. No se lo puedo contar.

—Entonces, ¿reconoce que concertó una cita con Sir Charles a la hora y en el lugar donde encontró la muerte, pero niega que acudiera a ella?

—Así es.

Seguí interrogándola para comprobar si había dicho la verdad, pero no logré sacar nada más en limpio.

—Señora Lyons —dije mientras me ponía en pie, después de terminar aquella larga entrevista tan poco satisfactoria—, incurre usted en una gran responsabilidad y se coloca en una posición muy falsa al no confesar todo lo que sabe. Si tengo que solicitar el auxilio de la policía, descubrirá lo gravemente que está comprometida. Si es usted inocente, ¿por qué empezó negando que hubiera escrito a Sir Charles en esa fecha?

—Porque temía que se sacaran conclusiones erróneas y me viera envuelta en un escándalo.

—Y, ¿por qué tenía usted tanto interés en que Sir Charles destruyera la carta?

—Si la ha leído sabrá el porqué.

—No he dicho que hubiera leído la carta.

—Ha citado usted un fragmento.

—He citado la postdata. Como he dicho, la carta ardió y no era legible en su totalidad. Le pregunto una vez más por qué insistió tanto en que Sir Charles destruyera esa carta.

—Se trata de un asunto muy privado.

—Una razón más para que evite usted una investigación pública.

—Se lo contaré, en ese caso. Si ha oído algo acerca de mi desgraciada historia, sabrá que hice un matrimonio imprudente y que he tenido motivos para lamentarlo.

—Estoy enterado de eso.

—Mi vida ha sido una persecución incesante por parte de un marido al que aborrezco. La justicia está de su parte y todos los días me enfrento con la posibilidad de que me fuerce a vivir con él. En el momento en que escribí la carta a Sir Charles se me informó de que existía una posibilidad de recobrar mi libertad si se podían atender ciertos gastos. Eso lo significaba todo para mí: tranquilidad, dicha, propia estimación..., absolutamente todo. Sabía de la generosidad de Sir Charles y pensé que si escuchaba la historia de mis propios labios me ayudaría.

—En ese caso, ¿cómo es que no acudió a la cita?

—Porque mientras tanto recibí ayuda de otra fuente.

—¿Por qué, entonces, no escribió a Sir Charles explicándoselo?

—Lo habría hecho así si no hubiera leído la noticia de su muerte en el periódico a la mañana siguiente.

Su historia tenía coherencia y no conseguí que se contradijera a pesar de mis preguntas. Solo podía comprobarla averiguando si, de hecho, en el momento de la tragedia o poco antes, había iniciado los trámites para conseguir el divorcio.

No era probable que mintiera al decir que no había estado en la mansión de los Baskerville, dado que se necesitaba un cabriolé para llegar hasta allí y que tendría que haber regresado a Coombe Tracey de madrugada, lo que hacía imposible mantener el secreto sobre una expedición de tales características. Lo más probable era, por consiguiente, que dijera la verdad o, por lo menos, parte de la verdad. Me marché desconcertado y desanimado.

Una vez más me tropezaba con la misma barrera infranqueable que parecía interponerse en mi camino cada vez que trataba de alcanzar el objetivo de mi misión. Y, sin embargo, cuanto más pensaba en el rostro de la dama y en su actitud, más seguro estaba que ocultaba algo. ¿Por qué había palidecido tanto? ¿Por qué se resistió a reconocer lo sucedido hasta que se vio forzada a hacerlo? ¿Por qué tendría que haberse mostrado tan reservada en el momento de la tragedia? Con toda seguridad la explicación no era tan inocente como pretendía hacerme creer. De momento no podía avanzar más en aquella dirección y debía regresar a los refugios del páramo en busca de la otra pista.

Pero se trataba de un rastro sumamente vago, como advertí en el viaje de regreso al comprobar que, una tras otra, todas las colinas conservaban huellas de sus antiguos pobladores. La única indicación de Barrymore había sido que el desconocido vivía en uno de aquellos refugios abandonados, pero existían cientos de ellos a todo lo largo y ancho del páramo. Contaba, sin embargo, con mi experiencia como guía, puesto que había visto al desconocido con mis propios ojos en la cima del Risco Negro. Aquel lugar, por lo tanto, debía ser el punto de partida de mi búsqueda. Allí iniciaría la exploración de todos los refugios hasta que diera con el que buscaba. Si aquel individuo estaba dentro, sabría de sus propios labios, a punta de revólver si era necesario, quién era y por qué nos había seguido durante tanto tiempo. Quizá podía darnos esquinazo entre el gentío de Regent Street, pero le iba a resultar imposible en la soledad del páramo. Por otra parte, si encontraba el refugio y su ocupante no estaba dentro, me quedaría allí, por larga que resultara la espera, hasta que regresase. Holmes lo había perdido en Londres. Sería para mí un verdadero triunfo lograr capturarlo después del fracaso de mi maestro.

La suerte se había vuelto una y otra vez contra nosotros en el curso de aquella investigación, pero ahora vino por fin en mi ayuda. Y el mensajero de mi buena suerte no fue otro que el señor Frankland que se hallaba de pie, con sus patillas grises y su tez rojiza, junto a la puerta del jardín de su casa que daba a la carretera por la que viajaba.

—Buenos días, doctor Watson —exclamó con insólito buen humor—. Permita que sus caballos disfruten de un descanso y entre en casa a beber un vaso de vino y felicitarme.

Mis sentimientos hacia Frankland distaban mucho de ser amistosos después de lo que había oído sobre su manera de tratar a la señora Lyons, pero estaba deseoso de enviar a Perkins y la calesa a casa y aquella era una buena oportunidad. Descendí del coche y envié un mensaje a Sir Henry comunicándole que regresaría a pie, a tiempo para la cena. Después seguí a Frankland hasta su comedor.

—Es un gran día para mí, uno de los días de mi vida escritos con letras doradas —exclamó, interrumpiéndose varias veces para reír entre dientes—. He conseguido un doble triunfo. Me proponía enseñar a las gentes de esta zona que la ley es la ley y que aquí vive un hombre a quien no le asusta recurrir a ella. He establecido un derecho de paso que cruza por el centro de los jardines del viejo Middleton, que atraviesa la propiedad a menos de cien metros de la puerta principal. ¿Qué me dice de eso? Vamos a enseñar a esos magnates que no se puede pisotear los derechos de los plebeyos ¡y que Dios los confunda! Y también he cerrado el bosque donde iba de excursión la gente de Fernworthy. Esos infernales pueblerinos parecen creer que no existe el derecho de propiedad y que pueden meterse por donde les apetezca y ensuciarlo todo con papeles y botellas. Ambos casos fallados, doctor Watson, y los dos a mi favor. No recuerdo un día parecido desde que conseguí que condenaran a Sir John Morland por cazar en sus propias tierras.

—¿Cómo demonios consiguió usted eso?

—Mírelo en la jurisprudencia, señor mío. Merece la pena leerlo. «Frankland contra Morland», llegamos hasta el Tribunal Supremo. Me costó doscientas libras, pero conseguí que se fallara a mi favor.

—¿Le reportó algún beneficio?

—Ninguno, señor mío, ninguno. Me enorgullece decir que no tenía interés material alguno en aquella cuestión. Siempre actúo por sentido del deber. No me cabe la menor duda, por ejemplo, de que los habitantes de Fernworthy me quemarán esta noche en efigie. La última vez que lo hicieron dije a la policía que deberían impedir espectáculos tan lamentables. La incompetencia de la policía del condado es escandalosa, señor mío, y no se me proporciona la protección a la que tengo derecho. Mi pleito contra la Reina servirá para atraer la atención del público sobre este asunto. Les dije que tendrían oportunidad de lamentar la manera en que me tratan y mis palabras se han hecho realidad.

—¿Cómo así? —pregunté.

El anciano hizo un gesto de complicidad.

—Porque podría decirles lo que están deseando saber, pero nada ni nadie me persuadirá para que ayude a esos sinvergüenzas en lo más mínimo.

Había estado tratando de encontrar alguna excusa para escapar a su charla incesante, pero ahora sentí deseos de saber más. Sin embargo había tenido suficientes pruebas de su tendencia a llevar la contraria como para comprender que cualquier manifestación de vivo interés sería la mejor manera de poner fin a las confidencias de aquel viejo excéntrico.

—Algún caso de caza furtiva, imagino —dije, con aire indiferente.

—Ja, ja. ¡Algo mucho más importante que eso, caballerete! ¿Qué me dice del preso escapado?

Me sobresalté.

—¿No querrá usted decir que sabe dónde se esconde? —le pregunté.

—Quizá no sepa exactamente dónde se esconde, pero estoy completamente seguro que podría ayudar a la policía a echarle el guante. ¿Nunca se le ha ocurrido que la manera de atrapar a ese sujeto es descubrir dónde consigue la comida y llegar después hasta él?

El señor Frankland daba toda la impresión de hallarse incómodamente cerca de la verdad.

—Sin duda —dije—. Pero, ¿cómo sabe que está en el páramo?

—Lo sé porque he visto con mis propios ojos al mensajero que le lleva la comida.

Se me cayó el alma a los pies pensando en Barrymore. Era un grave problema estar en manos de aquel viejo entrometido y rencoroso. Pero su siguiente observación me quitó un peso de encima.

—Le sorprenderá saber que es un niño quien le lleva la comida. Lo veo todos los días gracias al telescopio que tengo en el tejado. Siempre pasa por el mismo camino a la misma hora y ¿cuál puede ser su destino excepto el refugio del huido?

¡Una vez más la suerte me sonreía! Y sin embargo evité dar muestras de interés. ¡Un niño! Barrymore me había dicho que al desconocido lo atendía un muchacho. Frankland había tropezado por casualidad con su rastro y no con el de Selden. Si me enteraba de lo que él sabía, quizá me ahorrara una búsqueda larga y fatigosa. Pero la incredulidad y la indiferencia eran sin duda mis mejores armas.

—En mi opinión es mucho más probable que se trate del hijo de uno de los pastores del páramo y que se limite a llevar la comida a su padre.

El menor signo de oposición bastaba para que el viejo autócrata echara chispas por los ojos. Me miró con malevolencia y se le erizaron las patillas grises como podría hacerlo el lomo de un gato enfurecido.

—¿Así que eso es lo que usted piensa? —dijo, señalando al páramo que se extendía delante de nuestros ojos—. ¿Ve allí el Risco Negro? Bien. ¿Ve la pequeña colina de más allá en la que crece un espino? Es la parte más pedregosa de todo el páramo. ¿Le parece probable que un pastor se sitúe en un lugar así? Su sugerencia, señor mío, es completamente absurda.

Le respondí mansamente que había hablado sin conocer todos los datos. Mi docilidad le agradó y ello provocó nuevas confidencias.

—Puede tener la seguridad de que siempre piso terreno firme antes de llegar a una conclusión. He visto una y otra vez al muchacho con su hatillo. Todos los días, y en ocasiones dos veces al día, he podido... un momento, doctor Watson. ¿Me engañan los ojos o hay en este momento algo que se mueve por la falda de aquella colina?

La distancia era de varios kilómetros pero vi con claridad un puntito oscuro sobre la monotonía verde y gris.

—¡Venga, señor mío, venga conmigo! —exclamó Frankland, subiendo las escaleras a toda prisa—. Va usted a verlo con sus propios ojos y podrá juzgar por sí mismo.

El telescopio, un instrumento formidable montado sobre un trípode, se hallaba sobre la azotea de la casa. Frankland se acercó para mirar y dejó escapar un grito de satisfacción.

—¡Deprisa, doctor Watson, deprisa antes de que pase al otro lado!

Allí estaba, sin la menor duda: un pilluelo con un hatillo al hombro, subiendo sin prisas por la pendiente. Cuando llegó a la cresta vi, recortada por un momento contra el frío cielo azul, la figura desaseada y rústica. El chiquillo miró a su alrededor con aire furtivo y cauteloso, como alguien que teme ser perseguido. Luego desapareció por la ladera opuesta.

—Bien, señor mío, ¿estoy en lo cierto?

—Se trata sin duda de un muchacho que parece tener una ocupación secreta.

—Y cuál sea esa ocupación es algo que hasta un policía rural podría adivinar. Pero no seré yo quien les diga una sola palabra y a usted le exijo también que guarde el secreto, doctor Watson. ¡Ni una palabra! ¿Entendido?

—Como usted desee.

—Me han tratado vergonzosamente, esa es la verdad. Cuando salgan a la luz los hechos en mi pleito contra la Reina me atrevo a creer que un escalofrío de indignación recorrerá el país. Nada me impulsará a ayudar a la policía. Por lo que a ellos se refiere, les daría lo mismo que esos sinvergüenzas del pueblo me quemaran en persona y no en efigie. ¡No irá a marcharse ya! ¡Tiene que ayudarme a vaciar la botella para celebrar este gran acontecimiento!

Pero desoí todas sus súplicas y logré que renunciara también a acompañarme andando a casa. Seguí carretera adelante hasta perder de vista a Frankland y luego me lancé campo a través por el páramo en dirección a la colina pedregosa en donde habíamos perdido de vista al muchacho. Todo trabajaba en mi favor y me juré que ni por falta de energía ni de perseverancia desperdiciaría la oportunidad que la fortuna había puesto a mi alcance.

Atardecía cuando alcancé la cumbre de la colina. Los largos declives que quedaban a mi espalda eran de color verde oro por un lado y gris oscuro por otro. En el horizonte más lejano las formas fantásticas de Belliver y del Risco Vixen sobresalían por encima de una suave neblina. No había sonido ni movimiento alguno en toda la extensión del páramo. Un gran pájaro gris, gaviota o zarapito[75], volaba muy alto en el cielo. El ave y yo parecíamos los únicos seres vivos entre el enorme arco del cielo y el desierto a mis pies. El paisaje yermo, la sensación de soledad y el misterio y la urgencia de mi tarea se confabularon para helarme el corazón. Al muchacho no se le veía por ninguna parte. Pero por debajo de mí, en una hendidura entre las colinas, los antiguos refugios de piedra formaban un círculo y en el centro había uno que conservaba el techo suficiente como para servir de protección contra las inclemencias del tiempo. El corazón me dio un vuelco al verlo. Aquella tenía que ser la guarida donde se ocultaba el desconocido. Por fin iba a poner el pie en el umbral de su escondite. Tenía su secreto al alcance de la mano.

Mientras me acercaba al refugio —caminando con tantas precauciones como pudiese hacerlo Stapleton cuando, con el cazamariposas en ristre, se aproximara a un lepidóptero inmóvil— comprobé que aquel lugar se había utilizado sin duda alguna como habitación. Un sendero apenas marcado entre las grandes piedras conducía hasta la derruida abertura que servía de puerta. Dentro reinaba el silencio. El desconocido podía estar escondido en su interior o merodear por el páramo. La sensación de aventura me produjo un agradable cosquilleo. Después de tirar el cigarrillo, puse la mano sobre la culata del revólver y, llegándome rápidamente hasta la puerta, miré dentro. El refugio estaba vacío.

75 El zarapito real es un ave que cría en casi toda Europa en prados, zonas fangosas, ríos, humedales, costas y estuarios. Se reconoce fácilmente por su forma, con un largo pico ligeramente curvo, y su voz, con un canto muy llamativo y bonito. El color de su plumaje es pardo arena.

Signos abundantes confirmaban, sin embargo, que había seguido la pista correcta. Se trataba del lugar donde se alojaba el desconocido. Sobre la misma losa de piedra donde el hombre neolítico había dormido en otro tiempo se veían varias mantas envueltas en una tela impermeable. En la tosca chimenea se acumulaban las cenizas de un fuego. A su lado descansaban algunos utensilios de cocina y un cubo lleno a medias de agua. Un montón de latas vacías ponía de manifiesto que el lugar llevaba algún tiempo ocupado y, cuando mis ojos se habituaron a la relativa oscuridad, vi en un rincón un vaso de metal y una botella mediada de alguna bebida alcohólica. En el centro del refugio, una piedra plana hacía las veces de mesa y sobre ella se hallaba un hatillo: el mismo, sin duda, que había visto por el telescopio sobre el hombro del muchacho. En su interior encontré una barra de pan, una lengua en conserva y dos latas de melocotón en almíbar. Al dejar otra vez en su sitio el hatillo después de haberlo examinado, el corazón me dio un vuelco al ver que debajo había una hoja escrita. Alcé el papel y esto fue lo que leí, toscamente garabateado a lápiz:

«El doctor Watson ha ido a Coombe Tracey».

Durante un minuto permanecí allí con la hoja en la mano preguntándome cuál podía ser el significado de aquel escueto mensaje. El desconocido me seguía a mí y no a Sir Henry. No me había seguido en persona, pero había puesto a un agente —el muchacho, tal vez— tras mis huellas y aquel era su informe. Posiblemente no había dado un solo paso desde mi llegada al páramo sin ser observado y sin que después se transmitiera la información. Siempre el sentimiento de una fuerza invisible, de una tupida red tejida a nuestro alrededor con habilidad y delicadeza infinitas, una red que apretaba tan poco que solo en algún momento supremo la víctima advertía por fin que estaba enredada en sus mallas.

La existencia de aquel informe indicaba que podía haber otros, de manera que los busqué por todo el refugio. No hallé, sin embargo, el menor rastro, ni descubrí señal alguna que me indicara la personalidad o las intenciones del hombre que vivía en aquel sitio tan singular, excepto que debía de tratarse de alguien de costumbres espartanas[76] y muy poco preocupado por las comodidades de la vida. Al recordar las intensas lluvias y contemplar el techo agujereado valoré la decisión y la resistencia necesarias para perseverar en alojamiento tan inhóspito. ¿Se trataba de nuestro perverso enemigo o me había tropezado, quizá, con nuestro ángel de la guarda? Juré que no abandonaría el refugio sin saberlo.

Fuera se estaba poniendo el sol y el occidente ardía en escarlata y oro. Las lejanas charcas situadas en medio de la gran ciénaga de Grimpen devolvían su reflejo en manchas doradas. También se veían las torres de la mansión de los Baskerville y más allá una remota columna de humo que indicaba la situación de la aldea de Grimpen. Entre las dos, detrás de la colina, se hallaba la casa de los Stapleton. Bañado por la dorada luz del atardecer todo parecía dulce, suave y pacífico. Y, sin embargo, mientras contemplaba el paisaje mi alma no compartía en absoluto la paz de la naturaleza, sino que se estremecía ante la imprecisión y el terror de aquel encuentro, más próximo a cada instante que pasaba. Con los nervios en tensión pero más decidido que nunca, me senté en un rincón del refugio y esperé con sombría paciencia la llegada de su ocupante.

76 Que es austero y se ajusta con firmeza a las normas.

Finalmente le oí. Desde lejos me llegó el ruido seco de una bota que golpeaba la piedra. Luego otro y otro, cada vez más cerca. Me acurruqué en mi rincón y amartillé el revólver en el bolsillo, decidido a no revelar mi presencia hasta ver al menos qué aspecto tenía el desconocido. Se produjo una pausa larga, lo que quería decir que mi hombre se había detenido. Luego, una vez más, los pasos se aproximaron y una sombra se proyectó sobre la entrada del refugio.

—Un atardecer maravilloso, mi querido Watson —dijo una voz que conocía muy bien—. Créame si le digo que estará usted más cómodo en el exterior que ahí dentro.

XII

Muerte en el páramo

Durante unos instantes contuve la respiración, apenas capaz de dar crédito a mis oídos. Luego recobré los sentidos y la voz, al mismo tiempo que, como por ensalmo, el peso de una abrumadora responsabilidad pareció desaparecer de mis hombros. Aquella voz fría, incisiva, irónica, solo podía pertenecer a una persona en todo el mundo.

—¡Holmes! —exclamé—. ¡Holmes!

—Salga —dijo— y, por favor, tenga cuidado con el revólver.

Me agaché bajo el tosco dintel[77] y allí estaba, sentado sobre una piedra en el exterior del refugio, los ojos grises llenos de regocijo mientras captaban el asombro que reflejaban mis facciones. Mi amigo estaba muy flaco y fatigado, pero tranquilo y alerta, el afilado rostro tostado por el sol y curtido por el viento. Con el traje de tweed y la gorra de paño parecía uno de los turistas que visitan el páramo y, gracias al amor casi felino por la limpieza personal que era una de sus características, había logrado que sus mejillas estuvieran tan bien afeitadas y su ropa blanca tan inmaculada como si siguiera viviendo en Baker Street.

77 Viga, madero u otro elemento horizontal que, apoyado sobre una puerta o ventana, sirve de sostén del muro superior.

—Nunca me he sentido tan contento de ver a nadie en toda mi vida —dije mientras le estrechaba la mano con todas mis fuerzas.

—Ni tampoco más asombrado, ¿no es cierto?

—Así es, tengo que confesarlo.

—No ha sido usted el único sorprendido, se lo aseguro. Hasta llegar a veinte pasos de la puerta no tenía ni idea de que hubiera descubierto mi retiro provisional y menos aún de que estuviera dentro.

—¿Mis huellas, supongo?

—No, Watson. Me temo que no estoy en condiciones de reconocer sus huellas entre todas las demás. Si se propone usted de verdad sorprenderme, tendrá que cambiar de estanquero, porque cuando veo una colilla en la que se lee *Bradley*, Oxford Street, sé que mi amigo Watson se encuentra por los alrededores. Puede usted verla ahí, junto al sendero. Sin duda alguna se deshizo del cigarrillo en el momento crucial en que se abalanzó sobre el refugio vacío.

—Exacto.

—Eso pensé y, conociendo su admirable tenacidad, tenía la certeza de que estaba escondido, con un arma al alcance de la mano, en espera de que regresara el ocupante del refugio. ¿De manera que creyó que era el criminal?

—No sabía quién se ocultaba aquí, pero estaba decidido a averiguarlo.

—¡Excelente, Watson! Y, ¿cómo me ha localizado? ¿Me vio quizá la noche en que Sir Henry y usted persiguieron al preso, cuando cometí la imprudencia de permitir que la luna se alzara por detrás de mí?

—Sí. Le vi en aquella ocasión.

—Y, sin duda, ¿ha registrado usted todos los refugios hasta llegar a este?

—No. Alguien ha advertido los movimientos del muchacho que le trae la comida y eso me ha servido de guía para la búsqueda.

—Sin duda el anciano caballero con el telescopio. No conseguí entender de qué se trataba la primera vez que vi el reflejo del sol sobre la lente —se levantó y miró dentro del refugio—. Vaya, veo que Cartwright me ha traído algunas provisiones. ¿Qué dice el papel? De manera que ha estado usted en Coombe Tracey, ¿no es eso?

—Sí.

—¿Para ver a la señora Laura Lyons?

—Así es.

—¡Bien hecho! Nuestras investigaciones han avanzado en líneas paralelas y cuando sumemos los resultados espero obtener una idea bastante completa del caso.

—Bueno. Me alegro en el alma de haberlo encontrado, porque a decir verdad la responsabilidad y el misterio estaban llegando a ser demasiado para mí. Pero, por el amor del cielo, ¿cómo es que ha venido usted aquí y qué es lo que ha estado haciendo? Creía que seguía en Baker Street, trabajando en ese caso de chantaje.

—Eso era lo que quería que pensara.

—¡Entonces me utiliza pero no tiene confianza en mí! —exclamé con cierta amargura—. Creía haber merecido que me tratara usted mejor, Holmes.

—Mi querido amigo, en esta, como en otras muchas ocasiones, su ayuda me ha resultado inestimable y le ruego que me perdone si doy la impresión de haberle jugado una mala pasada. A decir verdad, lo he hecho en parte pensando en usted, porque lo que me empujó a venir y a examinar la situación en persona fue darme cuenta con toda claridad del peligro que corría. Si los hubiera acompañado a Sir Henry y a usted, mi punto de vista coincidiría por completo con el suyo, y mi presencia habría puesto sobre aviso a nuestros formidables antagonistas. De este otro modo me ha sido posible moverme como no habría podido hacerlo de vivir en la mansión, por lo que sigo siendo un factor desconocido en este asunto, listo para intervenir con eficacia en un momento crítico.

—Pero, ¿por qué mantenerme a oscuras?

—Que usted estuviera informado no nos habría servido de nada y podría haber descubierto mi presencia. Habría querido contarme algo o, llevado de su amabilidad, habría querido traerme esto o aquello para que estuviera más cómodo y de esa manera habríamos corrido riesgos innecesarios. Traje conmigo a Cartwright (sin duda recuerda usted al muchachito de la oficina de recaderos) que ha estado atendiendo a mis escasas necesidades: una barra de pan y un cuello limpio. ¿Para qué más? También me ha prestado un par de ojos suplementarios sobre unas piernas muy activas y ambas cosas me han sido inapreciables.

—¡En ese caso mis informes no le han servido de nada! —me tembló la voz y recordé las penalidades y el orgullo con que los había redactado.

Holmes se sacó unos papeles del bolsillo.

—Aquí están sus informes, mi querido amigo, que he estudiado muy a fondo, se lo aseguro. He arreglado muy bien las cosas y solo me llegaban con un día de retraso. Tengo que felicitarle por el celo y la inteligencia de que ha hecho usted gala en un caso extraordinariamente difícil.

Todavía estaba bastante dolorido por el engaño de que había sido objeto, pero el calor de los elogios de Holmes me ablandó y además comprendí que tenía razón y que en realidad era mejor para nuestros fines que no me hubiera informado de su presencia en el páramo.

—Eso está mejor —dijo Holmes, al ver cómo desaparecía la sombra de mi rostro—. Y ahora cuénteme el resultado de su visita a la señora Laura Lyons. No me ha sido difícil adivinar que había ido usted a verla porque ya sabía que es la única persona de Coombe Tracey que podía sernos útil en este asunto. De hecho, si usted no hubiera ido hoy, es muy probable que mañana lo hubiera hecho yo.

El sol se había ocultado y la oscuridad se extendía por el páramo. El aire era frío y entramos en el refugio para calentarnos. Allí, sentados en la penumbra, le conté a Holmes mi conversación con la dama. Se interesó tanto por mi relato que tuve que repetirle algunos fragmentos antes de que se diera por satisfecho.

—Todo eso es de gran importancia en este asunto tan complicado —dijo cuando terminé—, porque colma una laguna que había sido incapaz de llenar. Quizá está usted al corriente del trato íntimo que esa dama mantiene con Stapleton.

—Lo ignoraba por completo.

—No existe duda alguna al respecto. Se ven, se escriben, hay un entendimiento total entre ambos. Y esto coloca en nuestras manos un arma muy poderosa. Si pudiéramos utilizarla para separar a su mujer...

—¿Su mujer?

—Déjeme que le dé alguna información a cambio de toda la que usted me ha proporcionado: la dama que se hace pasar por la señorita Stapleton es en realidad esposa del naturalista.

—¡Cielo santo, Holmes! ¿Está usted seguro de lo que dice? ¿Cómo ha permitido ese hombre que Sir Henry se enamore de ella?

—El enamoramiento de Sir Henry solo puede perjudicar al mismo baronet. Stapleton ha tenido buen cuidado de que Sir Henry no haga el amor a su mujer, como usted ha tenido ocasión de comprobar. Le repito que la dama de que hablamos es su esposa y no su hermana.

—Pero, ¿cuál es la razón de un engaño tan complicado?

—Prever que le resultaría mucho más útil presentarla como soltera.

Todas mis dudas silenciadas y mis vagas sospechas tomaron repentinamente forma concentrándose en el naturalista, en aquel hombre impasible, incoloro, con su sombrero de paja y su cazamariposas. Me pareció descubrir algo terrible: un ser de paciencia y habilidad infinitas, de rostro sonriente y corazón asesino.

—¿Es él, entonces, nuestro enemigo? ¿Es él quien nos siguió en Londres?

—Así es como leo el enigma.

—Y el aviso..., ¡tiene que haber venido de ella!

—Exacto.

En medio de la oscuridad que me había rodeado durante tanto tiempo empezaba a perfilarse el contorno de una monstruosa villanía, mitad vista, mitad adivinada.

—Pero, ¿está usted seguro de eso, Holmes? ¿Cómo sabe que esa mujer es su esposa?

—Porque el día que usted lo conoció cometió la torpeza de contarle un fragmento auténtico de su autobiografía, torpeza que, me atrevería a afirmar, ha lamentado muchas veces desde entonces. Es cierto que fue en otro tiempo profesor en el norte de Inglaterra. Ahora bien, no hay nada tan fácil de rastrear como un profesor. Existen agencias académicas que permiten identificar a cualquier persona que haya ejercido la docencia. Una pequeña investigación me permitió descubrir cómo un colegio se había venido abajo en circunstancias atroces, y cómo su propietario (el apellido era entonces diferente) había desaparecido junto con su esposa. La descripción coincidía. Cuando supe que el desaparecido se dedicaba a la entomología[78], no me quedó ninguna duda.

La oscuridad se aclaraba, pero aún quedaban muchas cosas ocultas por las sombras.

—Si esa mujer es de verdad su esposa, ¿qué papel corresponde a la señora Lyons en todo esto? —pregunté.

—Ese es uno de los puntos sobre los que han arrojado luz sus investigaciones. Su entrevista con ella ha aclarado mucho la situación. No tenía noticia del proyecto de divorcio. En ese caso y, creyendo que Stapleton era soltero, la señora Lyons pensaba sin duda convertirse en su esposa.

—Y, ¿cuando sepa la verdad?

—Llegado el momento podrá sernos útil. Quizá nuestra primera tarea sea verla mañana, los dos juntos. ¿No le parece, Watson, que lleva demasiado tiempo lejos de la persona que le ha sido confiada? En este momento debería estar usted en la mansión de los Baskerville.

En el occidente habían desaparecido los últimos jirones rojos y la noche se había adueñado del páramo. Unas cuantas estrellas brillaban débilmente en el cielo color violeta.

—Una última pregunta, Holmes —dije, mientras me ponía en pie—. Sin duda no hay ninguna necesidad de secreto entre usted y yo. ¿Qué sentido tiene todo esto? ¿Qué es lo que se propone Stapleton?

Mi amigo bajó la voz al responder:

—Se trata de asesinato, Watson. De asesinato refinado, a sangre fría, lleno de premeditación. No me pida detalles. Mis redes

---

78 Parte de la zoología que estudia los insectos.

se están cerrando en torno suyo como las de Stapleton tienen casi apresado a Sir Henry pero con la ayuda que usted me ha prestado, Watson, lo tengo casi a mi merced. Tan solo nos amenaza un peligro: la posibilidad de que golpee antes de que estemos preparados. Un día más, dos como mucho, y el caso estará resuelto, pero hasta entonces ha de proteger usted al hombre que tiene a su cargo con la misma dedicación con que una madre amante cuida de su hijito enfermo. Su expedición de hoy ha quedado plenamente justificada y, sin embargo, casi desearía que no hubiera dejado solo a Sir Henry. ¡Escuche!

Un alarido terrible, un grito prolongado de horror y de angustia había brotado del silencio del páramo. Aquel sonido espantoso me heló la sangre en las venas.

—¡Dios mío! —dije con voz entrecortada—. ¿Qué ha sido eso? ¿Qué es lo que significa?

Holmes se había puesto en pie de un salto y su silueta atlética se recortó en la puerta del refugio, los hombros inclinados, la cabeza adelantada, escudriñando la oscuridad.

—¡Silencio! —susurró—. ¡Silencio!

El grito nos había llegado con claridad debido a su vehemencia, pero procedía de un lugar lejano de la llanura en tinieblas. De nuevo estalló en nuestros oídos, más cercano, más intenso, más apremiante que antes.

—¿De dónde viene? —susurró Holmes. Y supe, por el temblor de su voz, que también él, el hombre de hierro, se había estremecido hasta lo más hondo—. ¿De dónde viene, Watson?

—De allí, me parece —dije señalando hacia la oscuridad.

—¡No, de allí!

De nuevo el grito de angustia se extendió por el silencio de la noche, más intenso y más cercano que nunca. Y un nuevo ruido mezclado con él —un fragor hondo y contenido, musical— y, sin embargo, amenaza que se alzaba y descendía como el murmullo constante y profundo del mar.

—¡El sabueso! —exclamó Holmes—. ¡Vamos, Watson, vamos! ¡No quiera Dios que lleguemos tarde!

Mi amigo corría por el páramo a gran velocidad y le seguí inmediatamente. Pero ahora surgió, de algún lugar entre las irregularidades del terreno que se hallaba inmediatamente frente a nosotros, un último alarido de desesperación y luego un ruido sordo producido por algo pesado. Nos detuvimos y escuchamos. Ningún nuevo sonido quebró el denso silencio de la noche sin viento.

Vi que Holmes se llevaba la mano a la frente, como un hombre que ha perdido el dominio sobre sí mismo, y que golpeaba el suelo con el pie.

—Nos ha vencido, Watson. Hemos llegado demasiado tarde.

—No, no, ¡es imposible!

—Mi estupidez por no atacar antes. Y usted, Watson, ¡vea lo que sucede por dejar solo a Sir Henry! Pero, el cielo es testigo, ¡si ha sucedido lo peor, lo vengaremos!

Corrimos a ciegas en la oscuridad, tropezando contra las rocas, abriéndonos camino entre matas de aulaga[79], jadeando colinas arriba y precipitándonos pendientes abajo, siempre en la dirección de donde nos habían llegado aquellos gritos espantosos. En todas las elevaciones Holmes miraba atentamente a su alrededor, pero las sombras se espesaban sobre el páramo y no había el menor movimiento en su monótona superficie.

---

79 Arbusto espinoso, postrado o erecto, de ramas esparcidas, hojas caducas, flores de color amarillo claro y fruto en legumbre alargada, de color pardo claro. Puede alcanzar hasta 60 cm de alto.

—¿Ve usted algo?

—Nada.

—¡Escuche! ¿Qué es eso?

Un débil gemido había llegado hasta nuestros oídos. ¡Y luego una vez más a nuestra izquierda! Por aquel lado una hilera de rocas terminaba en un acantilado cortado a pico. Abajo, sobre las piedras, divisamos un objeto oscuro, de forma irregular. Al acercarnos corriendo la silueta imprecisa adquirió contornos definidos. Era un hombre caído boca abajo, con la cabeza doblada bajo el cuerpo en un ángulo horrible, los hombros curvados y el cuerpo encogido como si se dispusiera a dar una vuelta de campana. La postura era tan grotesca que tardé unos momentos en comprender que había muerto al exhalar aquel último gemido. Porque no nos llegaba ni un susurro, ni el más pequeño movimiento, de la figura en sombra sobre la que nos inclinábamos. Holmes lo tocó y enseguida retiró la mano con una exclamación de horror. El resplandor de un fósforo permitió ver que se había manchado los dedos de sangre, así como el espantoso charco que crecía lentamente y que brotaba del cráneo aplastado de la víctima. Y algo más que nos llenó de desesperación y de desánimo: ¡se trataba del cuerpo de Sir Henry Baskerville!

Era imposible que ninguno de los dos olvidara aquel peculiar traje rojizo de tweed, el mismo que llevaba la mañana que se presentó en Baker Street. Lo vimos un momento con claridad y enseguida el fósforo parpadeó y se apagó, de la misma manera que la esperanza había abandonado nuestras almas. Holmes gimió y su rostro adquirió un tenue resplandor blanco a pesar de la oscuridad.

—¡Fiera asesina! —exclamé, apretando los puños—. ¡Ah, Holmes, nunca me perdonaré haberlo abandonado a su destino!

—Soy más culpable que usted, Watson. Con el fin de dejar el caso bien rematado y completo, he permitido que mi cliente perdiera la vida. Es el peor golpe que he recibido en mi carrera. Pero, ¿cómo iba a saber, cómo podía saber, que fuese a arriesgar la vida a solas en el páramo, a pesar de todas mis advertencias?

—¡Pensar que hemos oído sus alaridos, y qué alaridos, Dios mío, sin ser capaces de salvarlo! ¿Dónde está ese horrendo sabueso que lo ha llevado a la muerte? Quizá se esconda detrás de aquellas rocas en este instante. Y Stapleton, ¿dónde está Stapleton? Tendrá que responder por este crimen.

—Lo hará. Me encargaré de ello. Tío y sobrino han sido asesinados. El primero muerto de miedo al ver a la bestia que él creía sobrenatural y el segundo empujado a la destrucción en su huida desesperada para escapar de ella. Pero ahora tenemos que demostrar la conexión entre el hombre y el animal. Si no fuera por el testimonio de nuestros oídos, ni siquiera podríamos jurar que existe el sabueso, dado que Sir Henry ha muerto a consecuencia de la caída. Pero pongo al cielo por testigo de que a pesar de toda su astucia, ¡ese individuo estará en mi poder antes de veinticuatro horas!

Nos quedamos inmóviles con el corazón lleno de amargura a ambos lados del cuerpo destrozado, abrumados por aquel repentino e irreparable desastre que había puesto tan lamentable fin a nuestros largos y fatigosos esfuerzos. Luego, mientras salía la luna, trepamos a las rocas desde cuya cima había caído nuestro pobre amigo y contemplamos el páramo en sombras, mitad plata y mitad oscuridad. Muy lejos, a kilómetros de distancia en la dirección de Grimpen, brillaba constante una luz amarilla. Únicamente podía venir de la casa solitaria de los Stapleton. Mientras la miraba agité el puño y dejé escapar una amarga maldición.

—¿Por qué no lo detenemos ahora mismo?

—Nuestro caso no está terminado. Ese individuo es extraordinariamente cauteloso y astuto. No cuenta lo que sabemos sino lo que podemos probar. Un solo movimiento en falso y quizá se nos escape ese canalla.

—¿Qué podemos hacer?

—Mañana no nos faltarán ocupaciones. Esta noche solo nos queda rendir un último tributo a nuestro pobre amigo.

Juntos descendimos de nuevo la escarpada pendiente y nos acercamos al cadáver, que se recortaba como una mancha negra sobre las piedras plateadas. La angustia que revelaban aquellos miembros dislocados me provocó un espasmo de dolor y las lágrimas me enturbiaron los ojos.

—¡Hemos de pedir ayuda, Holmes! No es posible llevarlo desde aquí hasta la mansión. ¡Cielo santo! ¿Se ha vuelto loco?

Mi amigo había lanzado una exclamación al tiempo que se inclinaba sobre el cuerpo. Y ahora bailaba y reía y me estrechaba la mano. ¿Era aquel el Sherlock Holmes severo y reservado que conocía? ¡Cuánto fuego escondido!

—¡Una barba! ¡Una barba! ¡El muerto tiene barba!

—¿Barba?

—No es el baronet..., es... ,¡mi vecino, el preso fugado!

Con febril precipitación dimos la vuelta al cadáver y la barba goteante apuntaba a la luna, clara y fría. No había la menor duda sobre los abultados arcos supraorbitales y los hundidos ojos de aspecto bestial. Se trataba del mismo rostro que me había mirado con cólera a la luz de la vela por encima de la roca: el rostro de Selden, el criminal.

Luego, en un instante, lo entendí todo. Recordé que el baronet había regalado a Barrymore sus viejas prendas de vestir. El mayordomo se las había traspasado a Selden para facilitarle la huida. Botas, camisa, gorra. Todo era de Sir Henry. La tragedia seguía siendo espantosa pero, al menos de acuerdo con las leyes de su país, aquel hombre había merecido la muerte. Con el corazón rebosante de agradecimiento y de alegría expliqué a Holmes lo que había sucedido.

—De modo que ese pobre desgraciado ha muerto por llevar la ropa del baronet —dijo mi amigo—. Al sabueso se le ha entrenado mediante alguna prenda de Sir Henry (la bota que le desapareció en el hotel, con toda probabilidad) y por eso ha acorralado a este hombre. Hay, sin embargo, una cosa muy extraña. Dada la oscuridad de la noche, ¿cómo llegó Selden a saber que el sabueso seguía su rastro?

—Lo oyó.

—Oír a un sabueso en el páramo no habría asustado a un hombre como él hasta el punto de exponerse a una nueva captura a causa de sus frenéticos alaridos pidiendo ayuda. Si nos guiamos por sus gritos, aún corrió mucho tiempo después de saber que el animal lo perseguía. ¿Cómo lo supo?

—Para mí es un misterio todavía mayor por qué ese sabueso, suponiendo que todas nuestras conjeturas sean correctas...

—No supongo nada.

—Bien, pero ¿por qué tendría que estar suelto ese animal precisamente esta noche? Imagino que no siempre anda libre por el páramo. Stapleton no lo habría dejado salir sin buenas razones para pensar que iba a encontrarse con Sir Henry.

—Mi dificultad es la más ardua de las dos, porque creo que muy pronto encontraremos una explicación para la suya, mientras que la mía quizá siga siendo siempre un misterio. Ahora el problema es, ¿qué haremos con el cuerpo de este pobre desgraciado? No podemos dejarlo aquí a merced de los zorros y de los cuervos.

—Sugiero que lo metamos en uno de los refugios hasta que podamos informar a la policía.

—De acuerdo. Estoy seguro de que podremos trasladarlo entre los dos. ¡Caramba, Watson! ¿Qué es lo que veo? Nuestro hombre en persona. ¡Fantástico! ¡No cabe mayor audacia! Ni una palabra que revele lo que sabemos. Ni una palabra, o mis planes se vienen abajo.

Una figura se acercaba por el páramo, acompañada del débil resplandor rojo de un cigarro puro. La luna brillaba en lo alto del cielo y me fue posible distinguir el aspecto impecable y el caminar desenvuelto del naturalista. Stapleton se detuvo al vernos, pero solo unos instantes.

—Vaya, doctor Watson. Me cuesta trabajo creer que sea usted, la última persona que hubiera esperado encontrar en el páramo a estas horas de la noche. Pero, Dios mío, ¿qué es esto? ¿Alguien herido? ¡No! ¡No me diga que se trata de nuestro amigo Sir Henry!

Pasó precipitadamente a mi lado para agacharse junto al muerto. Le oí hacer una brusca inspiración y el cigarro se le cayó de la mano.

—¿Quién..., quién es este individuo? —tartamudeó.

—Es Selden, el preso fugado de Princetown.

Al volverse hacia nosotros la expresión de Stapleton era espantosa pero, con un supremo esfuerzo, logró superar su asombro y su decepción. Luego nos miró inquisitivamente a los dos.

—¡Cielo santo! ¡Qué cosa tan espantosa! ¿Cómo ha muerto?

—Parece haberse roto al cuello al caer desde aquellas rocas. Mi amigo y yo paseábamos por el páramo cuando oímos un grito.

—Yo también oí un grito. Eso fue lo que me hizo salir. Estaba intranquilo a causa de Sir Henry.

—¿Por qué acerca de Sir Henry en particular? —no pude resistirme a preguntar.

—Porque le había propuesto que viniera a mi casa. Me sorprendió que no se presentara y, como es lógico, me alarmé al oír gritos en el páramo. Por cierto —sus ojos escudriñaron de nuevo mi rostro y el de Holmes—, ¿han oído alguna otra cosa además de un grito?

—No —dijo Holmes—, ¿y usted?

—Tampoco.

—Entonces, ¿a qué se refiere?

—Bueno, ya conoce las historias de los campesinos acerca de un sabueso fantasmal. Según cuentan se le oye de noche en el páramo. Me preguntaba si en esta ocasión habría alguna prueba de un sonido así.

—No hemos oído nada —dije.

—Y, ¿cuál es su teoría sobre la muerte de este pobre desgraciado?

—No me cabe la menor duda de que la ansiedad y las inclemencias del tiempo le han hecho perder la cabeza. Ha echado a correr por el páramo enloquecido y ha terminado por caerse desde ahí y romperse el cuello.

—Parece la teoría más razonable —dijo Stapleton, acompañando sus palabras con un suspiro que a mí me pareció de alivio—. ¿Cuál es su opinión, señor Holmes?

Mi amigo hizo una inclinación de cabeza a manera de cumplido.

—Identifica usted muy pronto a las personas —dijo.

—Le hemos estado esperando desde que llegó el doctor Watson. Ha venido usted a tiempo de presenciar una tragedia.

—Así es, efectivamente. No tengo la menor duda de que la explicación de mi amigo se ajusta plenamente a los hechos. Mañana volveré a Londres con un desagradable recuerdo.

—¿Regresa usted mañana?

—Esa es mi intención.

—Espero que su visita haya arrojado alguna luz sobre estos acontecimientos que tanto nos han desconcertado.

Holmes se encogió de hombros.

—No siempre se consigue el éxito deseado. Un investigador necesita hechos, no leyendas ni rumores. No ha sido un caso satisfactorio.

Mi amigo hablaba con su aire más sincero y despreocupado. Stapleton seguía mirándolo con gran fijeza. Luego se volvió hacia mí.

—Les sugeriría que trasladásemos a este pobre infeliz a mi casa, pero mi hermana se asustaría tanto que no me parece que esté justificado. Creo que si le cubrimos el rostro estará seguro hasta mañana.

Así lo hicimos. Después de rechazar la hospitalidad que Stapleton nos ofrecía, Holmes y yo nos dirigimos hacia la mansión de los Baskerville, dejando que el naturalista regresara solo a su casa. Al volver la vista vimos cómo se alejaba lentamente por el ancho páramo y, detrás de él, la mancha negra sobre la pendiente plateada que mostraba el sitio donde yacía el hombre que había tenido tan horrible fin.

—¡Ya era hora de que nos viéramos las caras! —dijo Holmes mientras caminábamos juntos por el páramo—. ¡Qué gran dominio de sí mismo! Extraordinaria su recuperación después del terrible golpe que le ha supuesto descubrir cuál había sido la verdadera víctima de su intriga. Ya se lo dije en Londres, Watson, y se lo repito ahora: nunca hemos encontrado otro enemigo más digno de nuestro acero.

—Siento que le haya visto, Holmes.

—Al principio también lo he sentido yo. Pero no se podía evitar.

—¿Qué efecto cree que tendrá sobre sus planes?

—Puede hacerle más cauteloso o empujarlo a decisiones desesperadas. Como la mayor parte de los criminales inteligentes, quizá confíe demasiado en su ingenio y se imagine que nos ha engañado por completo.

—¿Por qué no lo detenemos inmediatamente?

—Mi querido Watson, no hay duda de que nació usted para hombre de acción. Su instinto le lleva siempre a hacer algo enérgico. Pero supongamos, como simple hipótesis, que hacemos que lo detengan esta noche, ¿qué es lo que sacaríamos en limpio? No podemos probar nada contra él. ¡En eso radica su astucia diabólica! Si actuara por medio de un agente humano podríamos obtener alguna prueba, pero aunque lográramos sacar a ese enorme perro a la luz del día, seguiríamos sin poder colocar a su amo una cuerda alrededor del cuello.

—Estoy seguro de que disponemos de pruebas suficientes.

—Ni muchísimo menos. Tan solo de suposiciones y conjeturas. Seríamos el hazmerreír de un tribunal si nos presentáramos con semejante historia y con semejantes pruebas.

—Está la muerte de Sir Charles.

—No se encontró en su cuerpo la menor señal de violencia. Usted y yo sabemos que murió de miedo y sabemos también qué fue lo que le asustó pero, ¿cómo vamos a conseguir que doce jurados impasibles también lo crean? ¿Qué señales hay de un sabueso? ¿Dónde están las huellas de sus colmillos? Sabemos, por supuesto, que un sabueso no muerde un cadáver y que Sir Charles estaba muerto antes de que el animal lo alcanzara. Pero todo eso tenemos que probarlo y no estamos en condiciones de hacerlo.

—¿Y qué me dice de lo que ha sucedido esta noche?

—No salimos mucho mejor parados. Una vez más no existe conexión directa entre el sabueso y la muerte de Selden. No hemos visto al animal en ningún momento. Lo hemos oído, es cierto; pero no podemos probar que siguiera el rastro del preso. No hay que olvidar, además, la total ausencia de motivo. No, mi querido Watson. Hemos de reconocer que en el momento actual carecemos de las pruebas necesarias y también que merece la pena correr cualquier riesgo con tal de conseguirlas.

—Y, ¿cómo se propone usted lograrlas?

—Espero mucho de la ayuda que nos preste la señora Laura Lyons cuando sepa exactamente cómo están las cosas. Y cuento además con mi propio plan. No hay que preocuparse del mañana, porque a cada día le basta su malicia, pero no pierdo la esperanza de que antes de veinticuatro horas hayamos ganado la batalla.

No logré que me dijera nada más y hasta que llegamos a las puertas de la mansión de los Baskerville siguió perdido en sus pensamientos.

—¿Va usted a entrar?

—Sí. No veo razón alguna para seguir escondiéndome. Pero antes una última advertencia, Watson. Ni una palabra del sabueso a Sir Henry. Para él Selden ha muerto como Stapleton quisiera que creyéramos. Se enfrentará con más tranquilidad a la dura prueba que le espera mañana, puesto que se ha comprometido, si recuerdo correctamente su informe, a cenar con esas personas.

—Debo acompañarlo.

—Tendrá que disculparse, porque Sir Henry ha de ir solo. Eso lo arreglaremos sin dificultad. Y ahora creo que los dos necesitaremos un tentempié en el caso de que lleguemos demasiado tarde para la cena.

XIII

Preparando las redes

Más que sorprenderse, Sir Henry se alegró de ver a Sherlock Holmes, porque esperaba, desde varios días atrás, que los recientes acontecimientos lo trajeran de Londres. Alzó sin embargo las cejas cuando descubrió que mi amigo llegaba sin equipaje y no hacía el menor esfuerzo por explicar su falta. Entre el baronet y yo muy pronto proporcionamos a Holmes lo que necesitaba y luego, durante nuestro tardío tentempié, explicamos al baronet todo aquello que parecía deseable que supiera. Pero antes me correspondió la desagradable tarea de comunicar a Barrymore y a su esposa la noticia de la muerte de Selden. Para el mayordomo quizá fuera un verdadero alivio, pero su mujer lloró amargamente, cubriéndose el rostro con el delantal. Para el resto del mundo Selden era el símbolo de la violencia, mitad animal, mitad demonio; pero para su hermana mayor seguía siendo el niñito caprichoso de su adolescencia, el pequeño que se aferraba a su mano. Muy perverso ha de ser sin duda el hombre que no tenga una mujer que llore su muerte.

—No he hecho otra cosa que sentirme abatido desde que Watson se marchó por la mañana —dijo el baronet—. Imagino que se me debe reconocer el mérito, porque he cumplido mi promesa. Si no hubiera jurado que no saldría solo, podría haber pasado una velada más entretenida, porque Stapleton me envió un recado para que fuese a visitarlo.

—No tengo la menor duda de que habría pasado una velada más animada —dijo Holmes con sequedad—. Por cierto, no sé si se da cuenta de que durante algún tiempo hemos lamentado su muerte, convencidos de que tenía el cuello roto.

Sir Henry abrió mucho los ojos.

—¿Cómo es eso?

—Ese pobre infeliz llevaba puesta su ropa desechada. Temo que el criado que se la dio tenga dificultades con la policía.

—No es probable. Esas prendas carecían de marcas, si no recuerdo mal.

—Es una suerte para él..., de hecho es una suerte para todos ustedes, ya que todos han transgredido la ley. Me pregunto si, en mi calidad de detective concienzudo, no me correspondería arrestar a todos los habitantes de la casa. Los informes de Watson son unos documentos sumamente comprometedores.

—Pero, dígame, ¿cómo va el caso? —preguntó el baronet—. ¿Ha encontrado usted algún cabo que permita desenredar este embrollo? Creo que ni Watson ni yo sabemos ahora mucho más de lo que sabíamos al llegar de Londres.

—Me parece que dentro de poco estaré en condiciones de aclararle en gran medida la situación. Ha sido un asunto extraordinariamente difícil y complicado. Quedan varios puntos sobre los que aún necesitamos nuevas luces, pero llevaremos el caso a buen término de todos modos.

—Como sin duda Watson le habrá contado, hemos tenido una extraña experiencia. Oímos al sabueso en el páramo, por lo que estoy dispuesto a jurar que no todo es superstición vacía. Tuve alguna relación con perros cuando viví en el Oeste americano y reconozco sus voces cuando las oigo. Si es usted capaz de poner a ese un bozal y de atarlo con una cadena, estaré dispuesto a afirmar que es el mejor detective de todos los tiempos.

—No abrigo la menor duda de que le pondré el bozal y la cadena si usted me ayuda.

—Haré todo lo que me diga.

—De acuerdo, pero le voy a pedir además que me obedezca a ciegas, sin preguntar las razones.

—Como usted quiera.

—Si lo hace, creo que son muchas las probabilidades de que resolvamos muy pronto nuestro pequeño problema. No tengo la menor duda...

Holmes se interrumpió de pronto y miró fijamente al aire por encima de mi cabeza. La luz de la lámpara le daba en la cara y estaba tan embebido y tan inmóvil que su rostro podría haber sido el de una estatua clásica, una personificación de la vigilancia y de la expectación.

—¿Qué sucede? —exclamamos Sir Henry y yo. Comprendí inmediatamente cuando bajó la vista que estaba reprimiendo una emoción intensa. Sus facciones mantenían el sosiego, pero le brillaban los ojos, jubilosos y divertidos.

—Perdonen la admiración de un experto —dijo señalando con un gesto de la mano la colección de retratos que decoraba la pared frontera—. Watson niega que tenga conocimientos de arte, pero no son más que celos, porque nuestras opiniones sobre esa materia difieren. A decir verdad, posee usted una excelente colección de retratos.

—Vaya, me agrada oírselo decir —replicó Sir Henry, mirando a mi amigo con algo de sorpresa—. No pretendo saber mucho de esas cosas y soy mejor juez de caballos o de toros que de cuadros. E ignoraba que encontrara usted tiempo para cosas así.

—Sé lo que es bueno cuando lo veo y ahora lo estoy viendo. Me atrevería a jurar que la dama vestida de seda azul es obra de Kneller[80] y el caballero fornido de la peluca, de Reynolds[81]. Imagino que se trata de retratos de familia.

—Absolutamente todos.

—¿Sabe quiénes son?

—Barrymore me ha estado dando clases particulares y creo que me encuentro en condiciones de pasar con éxito el examen.

—¿Quién es el caballero del telescopio?

—El contraalmirante Baskerville, que estuvo a las órdenes de Rodney en las Antillas. El de la casaca azul y el rollo de documentos es Sir William Baskerville, presidente de los comités de la Cámara de los Comunes en tiempos de Pitt.

—¿Y el que está frente a mí, el partidario de Carlos I con el terciopelo negro y los encajes?

—Ah. Tiene usted todo el derecho a estar informado, porque es la causa de nuestros problemas. Se trata del malvado Hugo, que puso en movimiento al sabueso de los Baskerville. No es probable que nos olvidemos de él.

Contemplé el retrato con interés y cierta sorpresa.

—¡Caramba! —dijo Holmes—, parece un hombre tranquilo y de buenas costumbres, pero me atrevo a decir que había en sus

---

80 Godfrey Kneller (1646-1723) fue un artista retratista que trabajó como pintor de la corte para varios reyes ingleses.

81 Joshua Reynolds (1723-1792) fue uno de los más importantes e influyentes pintores ingleses del siglo XVIII, especialista en retratos. Fue uno de los fundadores y el primer Presidente de la *Royal Academy*.

ojos un demonio escondido. Me lo había imaginado como una persona más robusta y de aire más rufianesco.

—No hay la menor duda sobre su autenticidad, porque por detrás del lienzo se indican el nombre y la fecha, 1647.

Holmes no dijo apenas nada más, pero el retrato del juerguista de otros tiempos parecía fascinarle y no apartó los ojos de él durante el resto de la comida. Tan solo más tarde, cuando Sir Henry se hubo de ir a su habitación, pude seguir el hilo de sus pensamientos. Holmes me llevó de nuevo al refectorio y alzó la vela que llevaba en la mano para iluminar aquel retrato manchado por el paso del tiempo.

—¿Ve usted algo especial?

Contemplé el ancho sombrero adornado con una pluma, los largos rizos que caían sobre las sienes, el cuello blanco de encaje y las facciones austeras y serias que quedaban enmarcadas por todo el conjunto. No era un semblante brutal, sino remilgado, duro y severo, con una boca firme de labios muy delgados y ojos fríos e intolerantes.

—¿Se parece a alguien que usted conozca?

—Hay algo de Sir Henry en la mandíbula.

—Tan solo una pizca, quizá. Pero, ¡aguarde un instante!

Holmes se subió a una silla y, alzando la luz con la mano izquierda, dobló el brazo derecho para tapar con él el sombrero y los largos rizos.

—¡Dios del cielo! —exclamé, sin poder ocultar mi asombro.

En el lienzo había aparecido el rostro de Stapleton.

—¡Ajá! Ahora lo ve. Tengo los ojos entrenados para examinar rostros y no sus adornos. La primera virtud de un investigador criminal es ver a través de un disfraz.

—Es increíble. Podría ser su retrato.

—Sí. Es un caso interesante de salto atrás en el cuerpo y en el espíritu. Basta un estudio de los retratos de una familia para convencer a cualquiera de la validez de la doctrina de la reencarnación. Ese individuo es un Baskerville, no cabe la menor duda.

—Y con intenciones muy definidas acerca de la sucesión.

—Exacto. Gracias a ese retrato encontrado por casualidad, disponemos de un eslabón muy importante que todavía nos faltaba. Ahora ya es nuestro, Watson, y me atrevo a jurar que antes de mañana por la noche estará revoloteando en nuestra red tan impotente como una de sus mariposas. ¡Un alfiler, un corcho, una tarjeta y lo añadiremos a la colección de Baker Street!

Holmes lanzó una de sus infrecuentes carcajadas mientras se alejaba del retrato. No le he oído reír con frecuencia, pero siempre ha sido un mal presagio para alguien.

A la mañana siguiente me levanté muy pronto, pero Holmes se me había adelantado, porque mientras me vestía vi que regresaba hacia la casa por la avenida.

—Sí, hoy vamos a tener una jornada muy completa —comentó, mientras el júbilo que le producía entrar en acción le hacía frotarse las manos—. Las redes están en su sitio y vamos a iniciar el arrastre. Antes de que acabe el día sabremos si hemos pescado nuestro gran lucio[82] de mandíbula estrecha o si se nos ha escapado entre las mallas.

—¿Ha estado usted en el páramo?

—He enviado un informe a Princetown desde Grimpen relativo a la muerte de Selden. Tengo la seguridad de que no los molestarán a ustedes. También me he entrevistado con mi fiel

82 El lucio europeo es un pez de agua dulce con cuerpo largo, de forma casi cilíndrica.

Cartwright, que ciertamente habría languidecido a la puerta de mi refugio como un perro junto a la tumba de su amo si no le hubiera hecho saber que me hallaba sano y salvo.

—¿Cuál es el próximo paso?

—Ver a Sir Henry. Ah, ¡aquí está!

—Buenos días, Holmes —dijo el baronet—. Parece usted un general que planea la batalla con el jefe de su estado mayor.

—Esa es exactamente la situación. Watson estaba pidiéndome órdenes.

—Lo mismo hago.

—Muy bien. Esta noche está usted invitado a cenar, según tengo entendido, con nuestros amigos los Stapleton.

—Espero que también venga usted. Son unas personas muy hospitalarias y estoy seguro de que se alegrarán de verlo.

—Mucho me temo que Watson y yo hemos de regresar a Londres.

—¿A Londres?

—Sí. Creo que en el momento actual hacemos más falta allí que aquí.

Al baronet se le alargó la cara de manera perceptible.

—Tenía la esperanza de que me acompañaran ustedes hasta el final de este asunto. La mansión y el páramo no son unos lugares muy agradables cuando se está solo.

—Mi querido amigo, tiene usted que confiar plenamente en mí y hacer exactamente lo que yo le diga. Explique a sus amigos que nos hubiera encantado acompañarlo, pero que un asunto muy urgente nos obliga a volver a Londres. Esperamos regresar enseguida. ¿Se acordará usted de transmitirles ese mensaje?

—Si insiste usted en ello...

—No hay otra alternativa, se lo aseguro.

El ceño fruncido del baronet me hizo saber que estaba muy afectado porque creía que nos disponíamos a abandonarlo.

—¿Cuándo desean ustedes marcharse? —preguntó fríamente.

—Inmediatamente después del desayuno. Pasaremos antes por Coombe Tracey, pero mi amigo dejará aquí sus cosas como garantía de que regresará a la mansión. Watson, envíe una nota a Stapleton para decirle que siente no poder asistir a la cena.

—Me apetece mucho volver a Londres con ustedes —dijo el baronet—. ¿Por qué he de quedarme aquí solo?

—Porque este es su puesto y porque me ha dado usted su palabra de que hará lo que le diga y ahora le estoy ordenando que se quede.

—En ese caso, de acuerdo. Me quedaré.

—¡Una cosa más! Quiero que vaya en coche a la casa Merripit. Pero luego devuelva el cabriolé y haga saber a sus anfitriones que se propone regresar andando.

—¿Atravesar el páramo a pie?

—Sí.

—Pero eso es precisamente lo que con tanta insistencia me ha pedido usted siempre que no haga.

—Esta vez podrá hacerlo sin peligro. Si no tuviera total confianza en su serenidad y en su valor no se lo pediría, pero es esencial que lo haga.

—En ese caso, lo haré.

—Y si la vida tiene para usted algún valor, cruce el páramo siguiendo exclusivamente el sendero recto que lleva desde la casa Merripit a la carretera de Grimpen y que es su camino habitual.

—Haré exactamente lo que usted me dice.

—Muy bien. Me gustaría salir cuanto antes después del desayuno, con el fin de llegar a Londres a primera hora de la tarde.

Me desconcertaba mucho aquel programa, pese a recordar cómo Holmes le había dicho a Stapleton la noche anterior que su visita terminaba al día siguiente. No se me había pasado por la imaginación, sin embargo, que quisiera llevarme con él, ni entendía tampoco que pudiéramos ausentarnos los dos en un momento que el mismo Holmes consideraba crítico. Pero no se podía hacer otra cosa que obedecer ciegamente. De manera que dijimos adiós a nuestro apenado amigo y un par de horas después nos hallábamos en la estación de Coombe Tracey y habíamos despedido al cabriolé para que iniciara el regreso a la mansión. Un muchachito nos esperaba en el andén.

—¿Alguna orden, señor?

—Tienes que salir para Londres en este tren, Cartwright. Nada más llegar enviarás en mi nombre un telegrama a Sir Henry Baskerville para decirle que si encuentra el billetero que he perdido lo envíe a Baker Street por correo certificado.

—Sí, señor.

—Y ahora pregunta en la oficina de la estación si hay un mensaje para mí.

El chico regresó enseguida con un telegrama, que Holmes me pasó. Decía así:

«Telegrama recibido. Voy hacia allí con orden de detención sin firmar. Llegaré a las diecisiete cuarenta. LESTRADE».

—Es la respuesta al que envié esta mañana. Considero a Lestrade el mejor de los profesionales y quizá necesitemos su ayuda. Ahora, Watson, creo que la mejor manera de emplear nuestro tiempo es hacer una visita a su conocida, la señora Laura Lyons.

Su plan de campaña empezaba a estar claro. Iba a utilizar al baronet para convencer a los Stapleton de que nos habíamos ido, aunque en realidad regresaríamos en el momento crítico. El telegrama desde Londres, si Sir Henry lo mencionaba en presencia de los Stapleton, serviría para eliminar las últimas sospechas. Ya me parecía ver cómo nuestras redes se cerraban en torno al lucio de mandíbula estrecha.

La señora Laura Lyons estaba en su despacho y Sherlock Holmes inició la entrevista con tanta franqueza y de manera tan directa que la hija de Frankland no pudo ocultar su asombro.

—Estoy investigando las circunstancias relacionadas con la muerte de Sir Charles Baskerville —dijo Holmes—. Mi amigo aquí presente, el doctor Watson, me ha informado de lo que usted le comunicó y también de lo que ha ocultado en relación con este asunto.

—¿Qué es lo que he ocultado? —preguntó la señora Lyons, desafiante.

—Ha confesado que solicitó de Sir Charles que estuviera junto al portillo a las diez en punto. Sabemos que el baronet encontró la muerte en ese lugar y a esa hora y sabemos también que usted ha ocultado la conexión entre esos sucesos.

—No hay ninguna conexión.

—En ese caso se trata de una coincidencia de todo punto extraordinaria. Pero espero que a la larga logremos establecer esa conexión. Quiero ser totalmente sincero con usted, señora Lyons. Creemos estar en presencia de un caso de asesinato y las pruebas pueden acusar no solo a su amigo, el señor Stapleton, sino también a su esposa.

La dama se levantó violentamente del asiento.

—¡Su esposa! —exclamó.

—El secreto ha dejado de serlo. La persona que pasaba por ser su hermana es en realidad su esposa.

La señora Lyons había vuelto a sentarse. Apretaba con las manos los brazos del sillón y vi que las uñas habían perdido el color rosado a causa de la presión ejercida.

—¡Su esposa! —dijo de nuevo—. ¡Su esposa! No está casado.

Sherlock Holmes se encogió de hombros.

—¡Demuéstremelo! ¡Demuéstremelo! Y si lo hace... —el brillo feroz de sus ojos fue más elocuente que cualquier palabra.

—Vengo preparado —dijo Holmes sacando varios papeles del bolsillo—. Aquí tiene una fotografía de la pareja hecha en York hace cuatro años. Al dorso está escrito «El señor y la señora Vandeleur», pero no le costará trabajo identificar a Stapleton ni tampoco a su pretendida hermana, si la conoce usted de vista. También dispongo de tres testimonios escritos, que proceden de personas de confianza, con descripciones del señor y de la señora Vandeleur cuando se ocupaban del colegio particular St. Oliver. Léalas y dígame si le queda alguna duda sobre la identidad de esas personas.

La señora Lyons lanzó una ojeada a los papeles que le presentaba Sherlock Holmes y luego nos miró con las rígidas facciones de una mujer desesperada.

—Señor Holmes —dijo—, ese hombre había ofrecido casarse conmigo si conseguía el divorcio. Me ha mentido, el muy canalla, de todas las maneras imaginables. Ni una sola vez me ha dicho la verdad. Y ¿por qué, por qué? Imaginaba que lo hacía todo por mí, pero ahora veo que solo he sido un instrumento en sus manos. ¿Por qué tendría que mantener mi palabra cuando él no ha hecho más que engañarme? ¿Por qué tendría que protegerlo de las consecuencias de sus incalificables acciones?

Pregúnteme lo que quiera. No le ocultaré nada. Una cosa sí le juro, y es que cuando escribí la carta nunca pensé que sirviera para hacer daño a aquel anciano caballero que había sido el más bondadoso de los amigos.

—No lo dudo, señora —dijo Sherlock Holmes—, y como el relato de todos esos acontecimientos podría serle muy doloroso, quizá le resulte más fácil escuchar el relato que voy a hacerle, para que me corrija cuando cometa algún error importante. ¿Fue Stapleton quien sugirió el envío de la carta?

—Él me la dictó.

—Supongo que la razón esgrimida fue que usted recibiría ayuda de Sir Charles para los gastos relacionados con la obtención del divorcio.

—En efecto.

—Y que luego, después de enviada la carta, la disuadió de que acudiera a la cita.

—Me dijo que se sentiría herido en su amor propio si cualquier otra persona proporcionaba el dinero para ese fin y que a pesar de su pobreza consagraría hasta el último céntimo de que disponía para apartar los obstáculos que se interponían entre nosotros.

—Parece una persona muy consecuente. Y no supo usted nada más hasta que leyó en el periódico la noticia de la muerte de Sir Charles.

—Así fue.

—¿También le hizo jurar que no hablaría a nadie de su cita con Sir Charles?

—Sí. Dijo que se trataba de una muerte muy misteriosa y que sin duda se sospecharía de mí si llegaba a saberse la existencia de la carta. Me asustó para que guardara silencio.

—Era de esperar. ¿Pero usted sospechaba algo?

La señora Lyons vaciló y bajó los ojos.

—Sabía cómo era —dijo—. Pero si no hubiera faltado a su palabra siempre le habría sido fiel.

—Creo que, en conjunto, puede considerarse afortunada al escapar como lo ha hecho —dijo Sherlock Holmes—. Tenía usted a Stapleton en su poder, él lo sabía y sin embargo aún sigue viva. Lleva meses caminando al borde de un precipicio. Y ahora, señora Lyons, vamos a despedirnos de usted por el momento. Es probable que pronto tenga otra vez noticias nuestras.

—El caso se está cerrando y, una tras otra, desaparecen las dificultades —dijo Holmes mientras esperábamos la llegada del expreso procedente de Londres—. Muy pronto podré explicar con todo detalle uno de los crímenes más singulares y sensacionales de los tiempos modernos. Los estudiosos de la criminología recordarán los incidentes análogos de Grodno, en la Pequeña Rusia, el año 1866 y también, por supuesto, los asesinatos Anderson de Carolina del Norte, aunque este caso posee algunos rasgos que son específicos suyos, porque todavía carecemos, incluso ahora, de pruebas concluyentes contra ese hombre tan astuto. Pero mucho me sorprenderá que no se haga por completo la luz antes de que nos acostemos esta noche.

El expreso de Londres entró rugiendo en la estación y un hombre pequeño y nervudo con aspecto de bulldog saltó del vagón de primera clase. Nos estrechamos la mano y advertí enseguida, por la forma reverente que Lestrade tenía de mirar a mi compañero, que había aprendido mucho desde los días en que trabajaron juntos por primera vez. Aún recordaba perfectamente el desprecio que las teorías de Sherlock Holmes solían despertar en aquel hombre de espíritu tan práctico.

—¿Algo que merezca la pena? —preguntó.

—Lo más grande en muchos años —dijo Holmes—. Dispondremos de dos horas antes de empezar. Creo que vamos a emplearlas en comer algo y luego, Lestrade, le sacaremos de la garganta la niebla de Londres haciéndole respirar el aire puro de las noches de Dartmoor. ¿No ha estado nunca en el páramo? ¡Espléndido! No creo que olvide su primera visita.

XIV

El sabueso de los Baskerville

Uno de los defectos de Sherlock Holmes —si es que en realidad se le puede llamar defecto— era lo mucho que se resistía a comunicar sus planes antes del momento mismo de ponerlos en marcha. Ello obedecía en parte, sin duda, a su carácter autoritario, que le empujaba a dominar y a sorprender a quienes se hallaban a su alrededor. Y también en parte a su cautela profesional, que le llevaba siempre a reducir los riesgos al mínimo. Esta costumbre, sin embargo, resultaba muy molesta para quienes actuaban como agentes y colaboradores suyos. Había sufrido por ese motivo con frecuencia, pero nunca tanto como durante aquel largo trayecto en la oscuridad. Teníamos delante la gran prueba; pero, aunque nos disponíamos a librar la batalla final Holmes no había dicho nada. Solo me cabía conjeturar cuál iba a ser su línea de acción. Apenas pude contener mi nerviosismo cuando, por fin, el frío viento que nos cortaba la cara y los oscuros espacios vacíos a ambos lados del estrecho camino me anunciaron que estábamos una vez más en el páramo. Cada paso de los caballos y cada vuelta de las ruedas nos acercaban a la aventura suprema.

Debido a la presencia del cochero no hablábamos con libertad y nos veíamos forzados a conversar sobre temas triviales mientras la emoción y la esperanza tensaban nuestros nervios.

Después de aquella forzada reserva me supuso un gran alivio dejar atrás la casa de Frankland y saber que nos acercábamos a la mansión de los Baskerville y al escenario de la acción. En lugar de llegar en coche hasta la casa nos apeamos junto al portón al comienzo de la avenida. Despedimos a la calesa y ordenamos al cochero que regresara a Coombe Tracey de inmediato, al mismo tiempo que nos poníamos en camino hacia la casa Merripit.

—¿Va usted armado, Lestrade?

—Siempre que me pongo los pantalones dispongo de un bolsillo trasero —respondió con una sonrisa el detective de corta estatura— y siempre que dispongo de un bolsillo trasero llevo algo dentro.

—¡Bien! También mi amigo y yo estamos preparados para cualquier emergencia.

—Se muestra usted muy reservado acerca de este asunto, señor Holmes. ¿A qué vamos a jugar ahora?

—Jugaremos a esperar.

—¡Válgame Dios, este sitio no tiene nada de alegre! —dijo el detective con un estremecimiento, contemplando a su alrededor las melancólicas laderas de las colinas y el enorme lago de niebla que descansaba sobre la gran ciénaga de Grimpen—. Veo unas luces delante de nosotros.

—Eso es la casa Merripit y el final de nuestro trayecto. He de rogarles que caminen de puntillas y hablen en voz muy baja.

Avanzamos con grandes precauciones por el sendero como si nos dirigiéramos hacia la casa, pero Holmes hizo que nos detuviéramos cuando nos encontrábamos a unos doscientos metros.

—Ya es suficiente —dijo—. Esas rocas de la derecha van a proporcionarnos una admirable protección.

—¿Hemos de esperar ahí?

—Así es. Vamos a preparar nuestra pequeña emboscada. Lestrade, métase en ese hoyo. Usted ha estado dentro de la casa, ¿no es cierto, Watson? ¿Puede describirme la situación de las habitaciones? ¿A dónde corresponden esas ventanas enrejadas?

—Creo que son las de la cocina.

—¿Y la que queda un poco más allá, tan bien iluminada?

—Se trata sin duda del comedor.

—Las persianas están levantadas. Usted es quien mejor conoce el terreno. Deslícese con el mayor sigilo y vea lo que hacen pero, por el amor del cielo, ¡que no descubran que los estamos vigilando!

Avancé de puntillas por el sendero y me agaché detrás del muro de poca altura que rodeaba el huerto de árboles achaparrados. Aprovechando su sombra me deslicé hasta alcanzar un punto que me permitía mirar directamente por la ventana desprovista de cortinas.

Solo había dos personas en la habitación: Sir Henry y Stapleton, sentados a ambos lados de la mesa redonda. Los veía de perfil desde mi punto de observación. Ambos fumaban cigarros y tenían delante café y vino de Oporto. Stapleton hablaba animadamente, pero el baronet parecía pálido y ausente. Quizá la idea del paseo solitario a través del páramo pesaba en su ánimo.

Mientras los contemplaba, Stapleton se puso en pie y salió de la habitación; Sir Henry volvió a llenarse la copa y se recostó en la silla, aspirando el humo del cigarro. Luego oí el chirrido de una puerta y el ruido muy nítido de unas botas sobre la grava. Los pasos recorrieron el sendero por el otro lado del muro que me cobijaba. Alzando un poco la cabeza vi que el naturalista se detenía ante la puerta de una de las dependencias de la casa, situada en la esquina del huerto. Oí girar una llave y al entrar

Stapleton se oyó un ruido extraño en el interior. El dueño de la casa no permaneció más de un minuto allí dentro y después oí de nuevo girar la llave en la cerradura, el naturalista pasó cerca de mí y regresó a la casa. Cuando comprobé que se reunía con su invitado me deslicé en silencio hasta donde me esperaban mis compañeros y les conté lo que había visto.

—¿Dice usted, Watson, que la señora no está en el comedor? —preguntó Holmes cuando terminé mi relato.

—No.

—¿Dónde puede estar, en ese caso, dado que no hay luz en ninguna otra habitación si se exceptúa la cocina?

—No sabría decirle.

Ya he mencionado que sobre la gran ciénaga de Grimpen flotaba una espesa niebla blanca que avanzaba lentamente en nuestra dirección y que se presentaba frente a nosotros como un muro de poca altura, muy denso y con límites muy precisos. La luna la iluminaba desde lo alto, convirtiéndola en algo parecido a una resplandeciente lámina de hielo de grandes dimensiones, con las crestas de los riscos a manera de rocas que descansaban sobre su superficie. Holmes se había vuelto a mirar la niebla y empezó a murmurar, impaciente, mientras seguía con los ojos su lento derivar.

—Viene hacia nosotros, Watson.

—¿Es eso grave?

—Ya lo creo. La única cosa capaz de desbaratar mis planes. El baronet no puede retrasarse mucho. Son las diez. Nuestro éxito e incluso la vida de Sir Henry pueden depender de que salga antes de que la niebla cubra la senda.

Por encima de nosotros el cielo estaba claro y sereno. Las estrellas brillaban fríamente y la medialuna bañaba toda la escena con una luz suave, que apenas marcaba los contornos. Ante nosotros yacía la masa oscura de la casa, con el tejado dentado y las erguidas chimeneas violentamente recortadas contra el cielo plateado. Anchas barras de luz dorada procedentes de las habitaciones iluminadas del piso bajo se alargaban por el huerto y el páramo. Una de las ventanas se cerró de repente. Los criados habían abandonado la cocina. Solo quedaba la lámpara del comedor donde los dos hombres, el anfitrión criminal y el invitado desprevenido, todavía conversaban saboreando sus cigarros puros.

Cada minuto que pasaba la algodonosa llanura blanca que cubría la mitad del páramo se acercaba más a la casa. Los primeros filamentos cruzaron por delante del rectángulo dorado de la ventana iluminada. La valla más distante del huerto se hizo invisible y los árboles se hundieron a medias en un remolino de viento blanco. Ante nuestros ojos los primeros tentáculos de niebla dieron la vuelta por las dos esquinas de la casa y avanzaron lentamente, espesándose, hasta que el piso alto y el techo quedaron flotando como una extraña embarcación sobre un mar de sombras. Holmes golpeó apasionadamente con la mano la roca que nos ocultaba e incluso pateó el suelo llevado de la impaciencia.

—Si nuestro amigo tarda más de un cuarto de hora en salir la niebla cubrirá el sendero. Y dentro de media hora no nos veremos ni las manos.

—¿Y si nos situáramos a más altura?

—Sí. Creo que no estaría de más.

De manera que nos alejamos hasta unos ochocientos metros de la casa, si bien el espeso mar blanco, su superficie plateada por la luna, seguía avanzando lenta pero inexorablemente.

—Hemos de quedarnos aquí —dijo Holmes—. No podemos correr el riesgo de que Sir Henry sea alcanzado antes de llegar a nuestra altura. Hay que mantener esta posición a toda costa —se dejó caer de rodillas y pegó el oído al suelo—. Me parece que le oigo venir, gracias a Dios.

El ruido de unos pasos rápidos rompió el silencio del páramo. Agazapados entre las piedras, contemplamos atentamente el borde plateado del mar de niebla que teníamos delante. El ruido de las pisadas se intensificó y, a través de la niebla, como si se tratara de una cortina, surgió el hombre al que esperábamos. Sir Henry miró a su alrededor sorprendido al encontrarse de repente con una noche clara, iluminada por las estrellas. Luego avanzó a toda prisa sendero adelante, pasó muy cerca de donde estábamos escondidos y empezó a subir por la larga pendiente que quedaba a nuestras espaldas. Al caminar miraba continuamente hacia atrás, como un hombre inquieto.

—¡Atentos! —exclamó Holmes, al tiempo que se oía el nítido chasquido de un revólver al ser amartillado—. ¡Cuidado! ¡Ya viene!

De algún sitio en el corazón de aquella masa blanca que seguía deslizándose llegó hasta nosotros un tamborileo ligero y continuo. La niebla se hallaba a cincuenta metros de nuestro escondite y los tres la contemplábamos sin saber qué horror estaba a punto de brotar de sus entrañas. Me encontraba junto a Holmes y me volví un instante hacia él. Lo vi pálido y exultante, brillándole los ojos a la luz de la luna. De repente, sin embargo, su mirada adquirió una extraña fijeza y el asombro le hizo abrir la boca. Lestrade también dejó escapar un grito de terror y se arrojó al suelo de bruces. Me puse en pie de un salto, inerte la mano que sujetaba la pistola, paralizada la mente por la espantosa forma que saltaba hacia nosotros de entre las sombras de la niebla. Era un sabueso, un enorme sabueso, negro como un tizón, pero distinto a cualquiera que hayan visto nunca ojos humanos. De la boca abierta le brotaban llamas, los ojos parecían carbones encendidos y un resplandor intermitente le iluminaba el hocico, el pelaje del lomo y el cuello. Ni en la pesadilla más delirante de un cerebro enloquecido podría haber tomado forma algo más feroz, más horroroso, más infernal que la oscura forma y la cara cruel que se precipitó sobre nosotros desde el muro de niebla.

La enorme criatura negra avanzó a grandes saltos por el sendero, siguiendo los pasos de nuestro amigo. Hasta tal punto nos paralizó su aparición que ya había pasado cuando recuperamos la sangre fría. Entonces Holmes y yo disparamos al unísono y la criatura lanzó un espantoso aullido, lo que quería decir que al menos uno de los proyectiles le había acertado. Siguió, sin embargo, avanzando a grandes saltos sin detenerse. A lo lejos, en el camino, vimos cómo Sir Henry se volvía, el rostro blanco a la luz de la luna, las manos alzadas en un gesto de horror, contemplando impotente el ser horrendo que le daba caza.

Pero el aullido de dolor del sabueso había disipado todos nuestros temores. Si aquel ser era vulnerable, también era mortal, y si habíamos sido capaces de herirlo también podíamos matarlo. Nunca he visto correr a un hombre como corrió Holmes aquella noche. Se me considera veloz, pero mi amigo me sacó tanta ventaja como yo al detective de corta estatura. Mientras volábamos por el sendero oíamos delante los sucesivos alaridos de Sir Henry y el sordo rugido del sabueso. Pude ver cómo la bestia saltaba sobre su víctima, la arrojaba al suelo y le buscaba la garganta. Pero un instante después, Holmes había disparado cinco veces su revólver contra el costado del animal. Con un último aullido de dolor y una violenta dentellada al aire, el sabueso cayó de espaldas, agitando furiosamente las cuatro patas, hasta inmovilizarse por fin sobre un costado. Me detuve, jadeante, y acerqué mi pistola a la horrible cabeza luminosa, pero ya no servía de nada apretar el gatillo. El gigantesco perro había muerto.

Sir Henry seguía inconsciente en el lugar donde había caído. Le arrancamos el cuello de la camisa y Holmes musitó una acción de gracias al ver que no estaba herido: habíamos llegado a tiempo. El baronet parpadeó a los pocos instantes e hizo un débil intento de moverse. Lestrade le acercó a la boca el frasco de brandy y muy pronto dos ojos llenos de espanto nos miraron fijamente.

—¡Dios mío! —susurró nuestro amigo—. ¿Qué era eso? En nombre del cielo, ¿qué era eso?

—Fuera lo que fuese, ya está muerto —dijo Holmes—. De una vez por todas hemos acabado con el fantasma de la familia Baskerville.

El tamaño y la fuerza bastaban para convertir en un animal terrible a la criatura que yacía tendida ante nosotros. No era ni sabueso ni mastín de pura raza, sino que parecía más bien una mezcla de los dos: demacrado, feroz y del tamaño de una pequeña leona. Incluso ahora, en la inmovilidad de la muerte, de sus enormes mandíbulas parecía seguir brotando una llama azulada y los ojos crueles, muy hundidos en las órbitas, aún daban la impresión de estar rodeados de fuego. Toqué con la mano el hocico luminoso y al apartar los dedos vi que brillaban en la oscuridad, como si ardieran a fuego lento.

—Fósforo —dije.

—Un ingenioso preparado hecho con fósforo —dijo Holmes, acercándose al sabueso para olerlo—. Totalmente inodoro para no dificultar la capacidad olfatoria del animal. Es mucho lo que tiene usted que perdonarnos, Sir Henry, por haberlo expuesto a este susto tan espantoso. Me esperaba un sabueso, pero no una criatura como esta. Y la niebla apenas nos ha dado tiempo para recibirlo como se merecía.

—Me han salvado la vida.

—Después de ponerla en peligro. ¿Tiene usted fuerzas para levantarse?

—Denme otro sorbo de ese brandy y estaré listo para cualquier cosa. ¡Bien! Ayúdenme a levantarme. ¿Qué se propone hacer ahora, señor Holmes?

—A usted vamos a dejarlo aquí. No está en condiciones de correr más aventuras esta noche. Si hace el favor de esperar, uno de nosotros volverá con usted a la mansión.

El baronet logró ponerse en pie con dificultad, pero aún seguía horrorosamente pálido y temblaba de pies a cabeza. Lo llevamos hasta una roca, donde se sentó con el rostro entre las manos y el cuerpo estremecido.

—Ahora tenemos que dejarlo —dijo Holmes—. Hemos de acabar el trabajo y no hay un momento que perder. Ya tenemos las pruebas. Solo nos falta nuestro hombre. Hay una probabilidad entre mil de que lo hallemos en la casa —siguió mi amigo, mientras regresábamos a toda velocidad por el camino—. Sin duda los disparos le han hecho saber que ha perdido la partida.

—Estábamos algo lejos y la niebla ha podido amortiguar el ruido.

—Tenga usted la seguridad de que seguía al sabueso para llamarlo cuando terminara su tarea. No, no. Se habrá marchado ya, pero lo registraremos todo y nos aseguraremos.

La puerta principal estaba abierta, de manera que irrumpimos en la casa y recorrimos velozmente todas las habitaciones, con gran asombro del anciano y tembloroso sirviente que se tropezó con nosotros en el pasillo. No había otra luz que la del comedor, pero Holmes se apoderó de la lámpara y no dejó rincón de la casa sin explorar. Aunque no aparecía por ninguna parte el hombre al que perseguíamos, descubrimos que en el piso alto uno de los dormitorios estaba cerrado con llave.

—¡Aquí dentro hay alguien! —exclamó Lestrade—. Oigo ruidos. ¡Abra la puerta!

Del interior brotaban débiles gemidos y crujidos. Holmes golpeó con el talón exactamente encima de la cerradura y la puerta se abrió inmediatamente. Pistola en mano, los tres irrumpimos en la habitación.

Pero en su interior tampoco se hallaba el criminal desafiante que esperábamos ver y sí, en cambio, un objeto tan extraño y tan inesperado que por unos instantes no supimos qué hacer, mirándolo asombrados.

El cuarto estaba arreglado como un pequeño museo y en las paredes se alineaban las vitrinas que albergaban la colección de mariposas diurnas y nocturnas cuya captura servía de distracción a aquel hombre tan complicado y tan peligroso. En el centro de la habitación había un pilar, colocado allí en algún momento para servir de apoyo a la gran viga, vieja y carcomida, que sustentaba el techo. A aquel pilar estaba atada una figura tan envuelta y tan tapada con las sábanas utilizadas para sujetarla que de momento no se podía decir si era hombre o mujer. Una toalla, anudada por detrás al pilar, le rodeaba la garganta. Otra le cubría la parte inferior del rostro y, por encima de ella, dos ojos oscuros —llenos de dolor y de vergüenza y de horribles preguntas— nos contemplaban. En un minuto habíamos arrancado la mordaza y desatado los nudos y la señora Stapleton se derrumbó delante de nosotros. Mientras la hermosa cabeza se le doblaba sobre el pecho vi, cruzándole el cuello, el nítido verdugón de un latigazo.

—¡Qué canalla! —exclamó Holmes—. ¡Lestrade, por favor, su frasco de brandy! ¡Llévenla a esa silla! Los malos tratos y la fatiga han hecho que pierda el conocimiento.

La señora Stapleton abrió de nuevo los ojos.

—¿Está a salvo? —preguntó—. ¿Ha escapado?

—No se nos escapará, señora.

—No, no. No me refiero a mi marido. ¿Está Sir Henry a salvo?

—Sí.

—¿Y el sabueso?

—Muerto.

La señora Stapleton dejó escapar un largo suspiro de satisfacción.

—¡Gracias a Dios! ¡Gracias a Dios! ¡El muy canalla! ¡Vean cómo me ha tratado! —retiró las mangas del vestido para mostrarnos los brazos y vimos con horror que estaban llenos de cardenales—. Pero esto no es nada, ¡nada! Lo que ha torturado y profanado han sido mi mente y mi alma. Lo he soportado todo, malos tratos, soledad, una vida de engaño, todo, mientras aún podía agarrarme a la esperanza de que seguía queriéndome, pero ahora sé que también en eso he sido su víctima y su instrumento —unos sollozos apasionados interrumpieron sus palabras.

—Puesto que no tiene usted motivo alguno para estarle agradecida —le dijo Holmes—, infórmenos de dónde podemos encontrarlo. Si alguna vez le ha ayudado en el mal, colabore ahora con nosotros y expíe el pasado de ese modo.

—Solo hay un sitio a donde puede haber escapado —respondió ella—. Existe una vieja mina de estaño en la isla que ocupa el corazón de la ciénaga. Allí encerraba a su sabueso y también allí hizo preparativos por si alguna vez necesitaba un refugio. Habrá ido en esa dirección.

La niebla descansaba sobre la ventana como una capa de lana blanca. Holmes acercó la lámpara a los cristales.

—Vea —dijo—. Esta noche nadie es capaz de adentrarse en la gran ciénaga de Grimpen.

La señora Stapleton se echó a reír y empezó a dar palmadas. Sus ojos y sus dientes brillaron con una alegría feroz.

—Tal vez haya conseguido entrar, pero no saldrá —exclamó—. No podrá ver las varitas que sirven de guía. Las colocamos juntos para señalar la senda a través de la ciénaga. ¡Ah, si hubiera podido arrancarlas hoy! Entonces seguro que lo tendrían ustedes a su merced.

Evidentemente era inútil proseguir la búsqueda antes de que se levantara la niebla. Dejamos a Lestrade para que custodiara la casa y Holmes y yo regresamos a la mansión con el baronet. No podíamos ocultarle por más tiempo la historia de los Stapleton, pero encajó con mucho valor las revelaciones sobre la mujer de la que se había enamorado. De todos modos, la impresión producida por las aventuras nocturnas le había destrozado los nervios y poco después deliraba con una fiebre muy alta, atendido por el doctor Mortimer.

Los dos estaban destinados a dar la vuelta al mundo antes de que Sir Henry volviese a ser el hombre robusto y cordial que fuera antes de convertirse en el dueño de aquella mansión cargada con el peso de la leyenda.

Y solo me queda llegar rápidamente al desenlace de esta narración singular con la que he tratado de conseguir que el lector compartiera los miedos oscuros y las vagas conjeturas que ensombrecieron durante tantas semanas nuestras vidas y que concluyeron de manera tan trágica. A la mañana siguiente se levantó la niebla y la señora Stapleton nos llevó hasta el sitio donde ella y su esposo habían encontrado un camino practicable para adentrarse en el pantano. El interés y la alegría con que aquella mujer nos puso sobre la pista de su marido nos ayudaron a comprender mejor los horrores de su vida con Stapleton. La dejamos en la estrecha península de suelo firme de turba que acababa desapareciendo en la ciénaga. A partir de allí unas varitas clavadas en la tierra iban mostrando el sendero, que zigzagueaba de juncar en juncar entre las pozas llenas de verdín y los fétidos cenagales que cerraban el paso a cualquier intruso. Los abundantes juncos y las exuberantes y viscosas plantas acuáticas despedían olor a putrefacción y nos lanzaban a la cara densos vapores miasmáticos[83], mientras que al menor paso en falso nos hundíamos hasta el muslo en el oscuro fango tembloroso que, a varios metros a la redonda, se estremecía en suaves ondulaciones bajo nuestros pies, tiraba con tenacidad de nuestros talones mientras avanzábamos y, cada vez que nos hundíamos en él, se transformaba en una mano malévola que quería llevarnos hacia aquellas horribles profundidades. Tal era la intensidad y la decisión del abrazo con que nos sujetaba. Solo una vez comprobamos que alguien había seguido esa senda tan peligrosa antes de nosotros. Del centro del matorral de juncias que lo mantenía fuera del fango, sobresalía un objeto oscuro. Holmes se hundió hasta la cintura al salirse del sendero para recogerlo, y si no hubiéramos estado allí para ayudarlo nunca hubiera vuelto a poner el pie en tierra firme. Lo que alzó en el aire fue una bota vieja de color negro. «Meyers, Toronto» estaba impreso en el interior del cuero.

83 El miasma es la sustancia fétida y perjudicial que emana de los cuerpos de seres enfermos o en estado de descomposición.

—El baño de barro estaba justificado —dijo Holmes—. Es la bota perdida de nuestro amigo Sir Henry.

—Arrojada aquí por Stapleton en su huida.

—En efecto. Siguió con ella en la mano después de utilizarla para poner al sabueso en la pista del baronet. Luego, todavía empuñando la bota, escapó al darse cuenta de que había perdido la partida. Y la arrojó lejos en este sitio durante su huida. Ya sabemos al menos que logró llegar hasta aquí.

Pero no estábamos destinados a saber nada más, aunque pudimos deducir muchas otras cosas. No existía la menor posibilidad de encontrar huellas en el pantano, porque el barro que se alzaba con cada pisada las cubría rápidamente y, aunque las buscamos ávidamente cuando por fin llegamos a tierra firme, nunca encontramos ni el menor rastro. Si la tierra nos contó una historia verdadera, hay que creer que Stapleton nunca llegó a la isla que aquella última noche trató de alcanzar entre la niebla y en la que esperaba refugiarse. Hundido en algún lugar del corazón de la gran ciénaga, en el fétido limo del enorme pantano que se lo había tragado, quedó enterrado para siempre aquel hombre frío de corazón despiadado.

En la isla del centro del pantano, donde escondía a su cruel aliado, hallamos muchos rastros de su presencia. Una enorme rueda motriz y un pozo lleno a medias de escombros señalaban la posición de una mina abandonada. Junto a ella se encontraban los derruidos restos de unas chozas. Los mineros, sin duda, habían terminado por marcharse, incapaces de resistir el hedor apestoso que los rodeaba. En una de ellas una armella[84] y una ca-

84 Anillo de metal con un tornillo o clavo que se fija en algo sólido.

dena, junto a unos huesos roídos, mostraban el sitio donde el sabueso permanecía confinado. Entre los demás restos encontramos un esqueleto que tenía pegados unos mechones castaños.

—¡Un perro! —dijo Holmes—. Sin duda un spaniel de pelo rizado. El pobre Mortimer nunca volverá a ver a su preferido. Bien. No creo que este lugar contenga ningún secreto que no hayamos descubierto. Stapleton escondía al sabueso, pero no podía impedir que se le oyera, y de ahí los aullidos que ni siquiera durante el día resultaban agradables. En los momentos críticos podía encerrarlo en una de las dependencias de Merripit, pero eso significaba correr un riesgo, y solo el gran día, la jornada en que Stapleton iba a culminar todos sus esfuerzos, se atrevió a hacerlo. La pasta que hay en esa lata es sin duda la mezcla luminosa con que embadurnaba al animal. La idea se la sugirió, por supuesto, la leyenda del sabueso infernal y el deseo de dar un susto de muerte al anciano Sir Charles. No tiene nada de extraño que Selden, aquel pobre diablo, corriera y gritara, como lo ha hecho nuestro amigo y como podíamos haberlo hecho nosotros, cuando vio a semejante criatura siguiendo su rastro a grandes saltos por el páramo a oscuras. Era una estratagema muy astuta porque, además de la posibilidad de provocar la muerte de la víctima elegida, ¿qué campesino se atrevería a interesarse de cerca por semejante criatura en el caso de que, como les ha sucedido a muchos, la viera por el páramo? Lo dije en Londres, Watson, y lo repito ahora: nunca hemos contribuido a acabar con un hombre tan peligroso como el que ahí yace —y extendió su largo brazo hacia la enorme extensión de la ciénaga, cubierta de manchas verdes, que se prolongaba hasta confundirse con el color rojizo del páramo.

XV

Examen retrospectivo

En una fría noche de niebla, a finales del mes de noviembre, Holmes y yo estábamos sentados a ambos lados de un fuego muy vivo en nuestra sala de estar de Baker Street. Desde la trágica conclusión de la visita a Devonshire, mi amigo se había ocupado de dos asuntos de extraordinaria importancia. En el curso del primero puso de manifiesto la conducta atroz del coronel Upwood en relación con el famoso escándalo de los naipes del Club Nonpareil, mientras que con motivo del segundo defendió a la desgraciada Mme. Montpensier de la acusación de asesinato que pesaba sobre ella en relación con la muerte de su hijastra, Mlle. Carère, una joven que, como se recordará, apareció seis meses más tarde en Nueva York, después de haber contraído matrimonio. Mi amigo se hallaba de excelente humor debido a los éxitos conseguidos en una sucesión de casos difíciles —a la vez que importantes— y no me fue difícil convencerle que repasara conmigo los detalles del misterio de Baskerville. Había esperado pacientemente a que se presentara la oportunidad, porque sabía muy bien que Holmes no permitía nunca la superposición de casos y que su mente, tan clara y tan lógica, no abandonaba nunca el trabajo presente para ocuparse de recuerdos. Pero Sir Henry y el doctor Mortimer se hallaban en Londres, a punto de emprender el largo viaje recomendado al baronet para restablecer sus nervios destrozados, y nos habían visitado aquella misma tarde, lo que me permitió sacar a relucir el tema con toda naturalidad.

—Desde el punto de vista de la persona que se hacía llamar Stapleton —dijo Holmes—, el plan que había urdido era de una gran sencillez, si bien para nosotros, que al principio carecíamos de medios para averiguar el motivo de sus acciones y solo disponíamos en parte de los hechos, resultara extraordinariamente complejo. He tenido además la suerte de hablar en dos ocasiones con la señora Stapleton, por lo que el caso está totalmente aclarado y no queda secreto alguno. En el apartado Bertha de la lista de mis casos, que llevo por orden alfabético, encontrará algunas notas sobre este asunto.

—Quizá sea usted tan amable como para esbozarme de memoria el curso de los acontecimientos.

—Claro que sí, aunque no le garantizo que conserve todos los datos en la cabeza. Es curioso cómo la intensa concentración mental consigue borrar el pasado. El abogado que cuando conoce un caso con pelos y señales es capaz de discutir con los expertos en el tema, descubre que le bastan una semana o dos de un trabajo nuevo para que olvide todo lo que había aprendido. De la misma manera, cada uno de mis casos desplaza al anterior y Mlle. Carère ha desdibujado mis recuerdos de la mansión de los Baskerville. Mañana quizá se me pida que me ocupe de otro problema insignificante que, a su vez, eliminará a la hermosa dama francesa y al infame Upwood. Por lo que se refiere al caso del sabueso, le expondré lo más exactamente que pueda los acontecimientos y siempre podrá usted interrogarme sobre cualquier punto que haya olvidado:

»Mis investigaciones han demostrado sin lugar a dudas que el retrato familiar no mentía y que nuestro hombre era efectivamente un Baskerville, hijo de Rodger, el hermano menor de Sir Charles que escapó —con una siniestra reputación— a América del Sur, donde se dijo que había muerto soltero. La verdad es que contrajo matrimonio y que tuvo un único hijo, nuestro personaje, que recibió el nombre de su padre y que a su vez se casó con Beryl García, una de las bellezas de Costa Rica. Luego de robar una considerable suma de dinero del Estado, pasó a apellidarse Vandeleur y huyó a Inglaterra, donde creó un colegio en la zona este de Yorkshire. Su interés por este tipo particular de ocupación obedecía a que durante el viaje de vuelta a Inglaterra conoció a un profesor, enfermo de tuberculosis, cuya gran competencia profesional utilizó para que la empresa tuviera éxito. Pero al morir Fraser, el profesor, el colegio se desprestigió primero para caer después en el descrédito más absoluto, por lo que los Vandeleur juzgaron conveniente cambiar de nuevo de apellido, y así el hijo de Rodger Baskerville se trasladó, como Jack Stapleton, al sur de Inglaterra con los restos de su fortuna, sus planes para el futuro y su afición a la entomología. En el Museo Británico he podido saber que se le consideraba una autoridad en ese campo y que el apellido Vandeleur ha quedado identificado con cierta mariposa nocturna que él describió por vez primera durante su estancia en Yorkshire.

»Llegamos a la parte de su vida que ha resultado de enorme interés para nosotros. Stapleton hizo sin duda investigaciones y descubrió que solo dos vidas le separaban de una cuantiosa herencia. Creo que cuando se trasladó a Devonshire sus planes eran todavía extraordinariamente vagos, aunque el carácter delictivo de sus intenciones queda de manifiesto desde el principio por el hecho de que hiciera pasar a su esposa por su hermana. La idea de utilizarla como señuelo estaba en su mente, aunque quizá no supiera aún con claridad cómo iba a organizar todos los detalles del plan. Al final del camino se hallaba la herencia de los Baskerville y estaba dispuesto a utilizar cualquier instrumento y correr cualquier riesgo para lograrla. El primer paso fue instalarse lo más cerca que pudo de su hogar ancestral y el segundo cultivar la amistad de Sir Charles Baskerville y de sus vecinos.

»El mismo baronet le contó la historia del sabueso preparándose —sin saberlo— el camino hacia la tumba. Stapleton —como voy a seguir llamándolo— sabía que el anciano estaba enfermo del corazón y que cualquier emoción fuerte podía acabar con él, información que le había facilitado el doctor Mortimer. También llegó a sus oídos que Sir Charles era supersticioso y que se tomaba muy en serio la macabra leyenda del sabueso. Su ingenio le sugirió de inmediato una manera para acabar con la vida del baronet sin que existiera en la práctica la menor posibilidad de descubrir al culpable.

»Concebida la idea, Stapleton procedió a llevarla a la práctica con notable astucia. Un intrigante ordinario se habría dado por satisfecho con un animal suficientemente feroz. La utilización de medios artificiales para convertir al animal en diabólico fue un destello de genio por su parte. El perro lo adquirió en Londres, acudiendo a la firma *Ross y Mangles*, que tiene su establecimiento en Fulham Road. Era el más fuerte y el más feroz de que disponían. Para transportarlo hasta el páramo, Stapleton utilizó la línea de ferrocarril del norte de Devon y recorrió luego a pie una gran distancia, con el fin de no despertar sospechas. Para entonces —y gracias a sus expediciones a la caza de insectos— ya se había adentrado en la ciénaga de Grimpen, lo que le permitió encontrar un escondite seguro para el animal. Después de instalarlo allí esperó a que se le presentara una oportunidad.

»La ocasión, sin embargo, tardó algún tiempo en aparecer. De noche no era posible sacar de sus propiedades al anciano caballero. A lo largo de los meses Stapleton acechó por los alrededores con su sabueso, pero sin éxito. Durante esos intentos infructuosos lo vieron —o vieron más bien a su acompañante— algunos campesinos, gracias a lo cual la leyenda del perro demoníaco recibió nueva confirmación. Stapleton confiaba en que su esposa arrastrase a Sir Charles a su ruina, pero en ese punto Beryl resultó inesperadamente independiente. No estaba dispuesta a provocar un enredo sentimental que pusiera al anciano baronet en manos de su enemigo. Ni las amenazas ni, siento decirlo, los golpes lograron convencerla. Se negó siempre de plano y durante algún tiempo Stapleton se encontró en un punto muerto.

»Finalmente halló la manera de superar sus dificultades por conducto del mismo Sir Charles quien, por el afecto que le profesaba, delegó en él para todo lo relacionado con el caso de esa mujer tan desventurada que es la señora Laura Lyons. Al presentarse como soltero, adquirió muy pronto un gran ascendiente sobre ella y le dio a entender que si conseguía divorciarse de Lyons se casaría con ella. La situación llegó a un punto crítico cuando Stapleton supo que Sir Charles se disponía a abandonar el páramo siguiendo el consejo del doctor Mortimer, con cuya opinión él mismo fingía estar de acuerdo. Era preciso actuar de inmediato, porque de lo contrario su víctima podía quedar para siempre fuera de su alcance. De manera que presionó a la señora Lyons para que escribiera la carta, pidiendo al anciano que le concediera una entrevista la noche antes de emprender el viaje a Londres y luego, con falsas razones, le impidió acudir logrando así la oportunidad que esperaba desde hacía tanto tiempo.

»Al regresar de Coombe Tracey a última hora de la tarde tuvo tiempo de ir en busca del sabueso, embadurnarlo con su pintura infernal y llevarlo hasta el portillo donde tenía buenas razones para confiar en que encontraría al anciano caballero. El perro, incitado por su amo, saltó el portillo y persiguió al desgraciado baronet que huyó dando alaridos por el Paseo de los Tejos. En ese túnel tan sombrío tuvo que resultar especialmente horrible ver a aquella enorme criatura negra, de mandíbulas luminosas y ojos llameantes, persiguiendo a grandes saltos a su víctima. Sir Charles cayó muerto al final del paseo debido al terror y a su corazón enfermo. Mientras el baronet corría por el camino el sabueso se había mantenido en el borde de la hierba, de manera que solo eran visibles las huellas del ser humano. Al verlo caído e inmóvil es probable que el animal se acercara a olerlo. Fue después —al descubrir que estaba muerto— cuando, al dar la vuelta para marcharse, dejó la huella en la que más tarde había de reparar el doctor Mortimer. Stapleton llamó al perro y se apresuró a devolverlo a su guarida en la ciénaga de Grimpen, dejando atrás un misterio que desconcertó a las autoridades, alarmó a todos los habitantes de la zona y provocó finalmente que se solicitara nuestra colaboración.

»Es posible que Stapleton ignorase aún la existencia del heredero que vivía en Canadá pero, en cualquier caso, lo supo muy pronto de labios de su amigo el doctor Mortimer que le comunicó además todos los detalles sobre la llegada a Londres de Sir Henry Baskerville. La primera idea de Stapleton fue que, en lugar de esperar a que se presentara en Devonshire, quizá fuera posible acabar en Londres con la vida del joven extranjero. Como desconfiaba de su esposa desde que se negara a ayudarle a tender una trampa al anciano baronet, no se atrevió a dejarla sola por temor a perder su influencia sobre ella. Esa es la razón de que vinieran juntos a Londres. Se alojaron, según descubrí, en el hotel privado *Mexborough*, en Craven Street, uno de los que de hecho visitó mi agente en busca de pruebas. Stapleton dejó allí encerrada a su esposa mientras él, ocultando su identidad bajo una barba, seguía al doctor Mortimer a Baker Street y más tarde a la estación y al hotel *Northumberland*. Su mujer tenía sospechas de los planes de su marido, pero era tanto su temor —temor fundado en los brutales malos tratos a los que la había sometido— que no se atrevió a escribir para advertir a Sir Henry del peligro que corría. Si la carta caía en manos de Stapleton también su vida se vería amenazada. Finalmente, como sabemos, recurrió al expediente de recortar palabras impresas y de escribir la dirección deformando la letra. El mensaje llegó a manos del barón y fue el primer aviso del peligro que corría.

»Stapleton necesitaba alguna prenda de vestir de Sir Henry para, en el caso de que se viera obligado a recurrir al sabueso, disponer de los medios que le permitieran seguir su rastro. Con la velocidad y la audacia que le caracterizaban puso de inmediato manos a la obra y no cabe duda de que sobornó al limpiabotas o a la camarera del hotel para que le ayudaran en su empeño. Casualmente, sin embargo, la primera bota que consiguió era una de las nuevas y, por consiguiente, sin utilidad para sus planes. Stapleton hizo entonces que se devolviera y obtuvo otra. Un incidente muy instructivo, porque me demostró sin lugar a dudas que se trataba de un sabueso de verdad: ninguna otra explicación justificaba la apremiante necesidad de conseguir la bota vieja y la indiferencia ante la nueva. Cuanto más *outré*[85] y grotesco resulta un incidente, mayor es la atención con que hay que examinarlo. Y el punto que más parece complicar un caso es, cuando se estudia con cuidado y se maneja de manera científica, el que proporciona mayores posibilidades de elucidarlo.

»A la mañana siguiente recibimos la visita de nuestros amigos —siempre espiados por Stapleton desde el cabriolé—. Dados su conocimiento del sitio donde vivimos y también de mi aspecto, así como por su manera general de comportarse, me inclino a creer que la carrera criminal de Stapleton no se redujo al asunto de Baskerville. Resulta interesante saber que durante los tres últimos años se han producido en esa zona cuatro robos con fractura de considerable importancia y que en ninguno de los casos se ha detenido a los

85 Palabra en francés. En español: exagerado.

> culpables. El último, en el mes de mayo —con Folkestone Court como escenario— fue notable porque el ladrón enmascarado, que actuaba en solitario, disparó a sangre fría contra el botones que lo sorprendió. No me cabe la menor duda de que Stapleton renovaba de ese modo sus menguados recursos económicos y que era desde hacía años un individuo desesperado y sumamente peligroso.
>
> »Lo sucedido aquella mañana en que se nos escapó tan hábilmente, así como su audacia al devolverme mi propio nombre por medio del cochero, es un buen ejemplo de sus muchos recursos. A partir de aquel momento —sabedor de que me había hecho cargo del caso en Londre— comprendió que no tenía ninguna posibilidad de éxito en la metrópoli y regresó a Dartmoor para esperar la llegada del baronet.

—¡Un momento! —dije—. No hay duda de que ha descrito usted correctamente la sucesión de los hechos, pero hay un punto que no ha mencionado. ¿Qué se hizo del sabueso durante la estancia de su amo en Londres?

—He reflexionado sobre ese asunto, porque no hay duda de que tiene importancia. Es evidente que Stapleton tenía un confidente, aunque no es probable que se pusiera por completo a su merced comunicándole todos sus planes. En la casa Merripit había un anciano sirviente llamado Anthony. Su asociación con los Stapleton se remonta a años atrás, a los tiempos del colegio, por lo que debía de saber que su señor y su señora eran en realidad marido y mujer. Este hombre ha desaparecido, huyendo del país. Dese cuenta de que Anthony no es un nombre frecuente en Inglaterra, mientras que Antonio sí lo es en España y en los países americanos de habla española. Ese individuo, como la misma señora Stapleton, hablaba inglés correctamente, pero con un curioso ceceo. Tuve ocasión de ver cómo ese anciano cruzaba la ciénaga de Grimpen por el camino que Stapleton marcara. Es muy probable, por tanto, que en ausencia de su señor fuese él quien se ocupara del sabueso, aunque quizá sin saber nunca la finalidad para la que se lo destinaba.

»Acto seguido los Stapleton regresaron a Devonshire seguidos, muy poco después, por Sir Henry y usted. Un breve comentario sobre mi situación en aquel momento. Quizá conserve usted el recuerdo de que, cuando examiné el papel en el que estaban pegadas las palabras impresas, lo estudié con gran detenimiento en busca de la filigrana. Al hacerlo me lo acerqué bastante y advertí un débil olor a jazmín. El experto en criminología ha de distinguir los setenta y cinco perfumes que se conocen y, por lo que a mi propia experiencia se refiere, la resolución de más de un caso ha dependido de su rápida identificación. Aquel aroma sugería la presencia de una dama, por lo que mis sospechas empezaron a dirigirse hacia los Stapleton. Fue así cómo averigüé la existencia del sabueso y deduje quién era el asesino antes de trasladarme a Devonshire.

»Mi juego consistía en vigilar a Stapleton. Era evidente, sin embargo, que no podía hacerlo yendo con usted, porque en ese caso mi hombre estaría siempre en guardia. De manera que engañé a todos, usted incluido, y me trasladé secretamente al páramo cuando se daba por sentado que seguía en Londres. Los apuros que pasé no fueron tan grandes como usted imagina, aunque cuestiones de tan poca importancia no deben nunca dificultar la investigación de un caso. Pasé la mayor parte del tiempo en Coombe Tracey y únicamente utilicé el refugio neolítico cuando era necesario estar cerca del escenario de la acción. Cartwright, que me había acompañado, me fue de gran ayuda con su disfraz de campesino. Dependía de él para la comida y las mudas de ropa. Mientras vigilaba a Stapleton, era frecuente que Cartwright lo vigilara a usted, de manera que controlaba todos los resortes.

»Ya le he explicado que sus informes me llegaban enseguida, porque de Baker Street los enviaban inmediatamente a Coombe Tracey. Me fueron de gran utilidad y en especial aquel fragmento verídico de la biografía de Stapleton. Así pude averiguar la identidad de la pareja y saber por fin a qué atenerme. El caso se había complicado bastante debido al incidente del preso fugado y de su relación con los Barrymore. También eso lo aclaró usted de manera muy eficaz, aunque por mi parte hubiera llegado a la misma conclusión.

»Cuando me encontró usted en el páramo tenía un conocimiento completo del caso, pero carecía de pruebas que pudieran presentarse ante un jurado. Ni siquiera el intento criminal contra Sir Henry la noche en que quedó truncada la vida del desventurado preso nos hubiera servido de ayuda para acusar a Stapleton de asesinato. No parecía existir otra alternativa que sorprenderlo con las manos en la masa y para ello teníamos que utilizar como cebo a Sir Henry, solo y sin protección en apariencia. Así lo hicimos y, a costa de un terrible sobresalto para nuestro cliente, logramos coronar nuestro trabajo y provocar el fin de Stapleton. He de confesar que supone una deshonra para mi forma de llevar el caso el hecho de que Sir Henry se viera expuesto a semejante peligro, pero carecíamos de medios para prever el aspecto —terrible y sobrecogedor— que presentaba el animal, como tampoco podíamos predecir la niebla que le permitió aparecer ante nosotros casi de improviso. Logramos nuestro objetivo a un precio que, según me han asegurado tanto el especialista como el doctor Mortimer, será solo momentáneo. Un viaje largo permitirá que nuestro amigo se recupere no solo de sus nervios destrozados sino también de sus sentimientos heridos. Su amor por la señora Stapleton era profundo y sincero y para él lo más triste de todo este asunto tan tenebroso es que ella lo engañara.

»Solo queda dilucidar el papel de la señora Stapleton. No hay duda de que su marido ejercía sobre ella una influencia que puede haber sido amor, miedo o —muy posiblemente ambas cosas— dado que no son, desde luego, sentimientos incompatibles. En cualquier caso esa influencia era absolutamente eficaz. Al ordenárselo él, consintió en hacerse pasar por su hermana, aunque también es cierto que Stapleton descubrió los límites de su poder cuando quiso convertirla en cómplice de un asesinato. Beryl estaba dispuesta a prevenir a Sir Henry aunque sin descubrir a su marido y trató de hacerlo una y otra vez. Es evidente que también Stapleton era capaz de sentir celos, de manera que cuando vio cómo el baronet cortejaba a su esposa, pese a que formaba parte de su plan, no pudo evitar interrumpir el idilio con un estallido de pasión que puso de manifiesto el alma fogosa que tan inteligentemente escondía bajo sus modales reservados. Al fomentar la intimidad entre ambos se aseguraba de que Sir Henry acudiera con frecuencia a la casa Merripit y de que más pronto o más tarde se presentase la oportunidad que esperaba. El día de la crisis definitiva, sin embargo, su mujer se revolvió inesperadamente contra él. Había llegado a sus oídos la noticia de la muerte de Selden y no ignoraba —la noche en que habían invitado a Sir Henry a cenar— que el sabueso estaba en una de las dependencias de la casa. Beryl acusó a su marido de querer asesinar al baronet y eso provocó una escena violenta, durante la cual Stapleton reveló por vez primera a su mujer que tenía una rival. La fidelidad de la señora Stapleton se transformó

> inmediatamente en odio intenso y nuestro hombre comprendió que su mujer estaba dispuesta a traicionarlo. Entonces procedió a atarla para que no pudiera avisar a Sir Henry, sin perder la esperanza de que cuando todos los habitantes de la zona atribuyesen la muerte difícil de los barones a la maldición familiar, como sin duda sucedería, su mujer aceptara los hechos consumados y guardase silencio sobre lo que sabía. Por lo que a eso se refiere tengo la impresión de que calculó mal y que, aun sin contar con nuestra presencia, su caída era inevitable. Una mujer de sangre española no perdona fácilmente semejante ultraje. Y, mi querido Watson, no estoy en condiciones de hacerle un relato más detallado de este interesantísimo caso sin recurrir a mis anotaciones. Ignoro si ha quedado sin explicar algo esencial.

—Stapleton tenía que saber que no iba a ser posible matar a Sir Henry de miedo, con el sabueso falsamente infernal, como sucediera en el caso de su tío.

—Era un perro muy feroz y estaba hambriento. Si su apariencia no acababa con la víctima, el miedo podía al menos paralizarla, de manera que no ofreciese resistencia.

—Sin duda. Queda tan solo una dificultad: si Stapleton hubiese llegado a tomar posesión de la herencia ¿cómo habría explicado el hecho de que él, el heredero, hubiese vivido sin darse a conocer y con otro nombre en un lugar tan próximo a la mansión de los Baskerville? ¿Cómo podría reclamar la herencia sin despertar sospechas ni provocar investigaciones?

—Se trata de un problema muy arduo y temo que espera usted demasiado al pedirme que lo solucione. El pasado y el presente se hallan dentro del campo de mis investigaciones, pero lo que una persona vaya a hacer en el futuro es algo muy difícil de prever. La señora Stapleton oyó a su marido analizar el problema en varias ocasiones. Eran tres las soluciones posibles: podía reclamar la propiedad desde América del Sur, demostrar su identidad ante las autoridades consulares británicas y obtener así la fortuna sin aparecer nunca por Inglaterra; podía también adoptar un disfraz que lo hiciera irreconocible durante el breve periodo de tiempo que necesitase permanecer en Londres y, finalmente, podía suministrar a un cómplice las pruebas y los documentos, haciéndolo pasar por el heredero, pero reteniendo el derecho a un porcentaje de sus ingresos. Por lo que sabemos de él, tenemos la seguridad de que habría encontrado algún modo de solucionar ese problema. Y ahora, mi querido Watson, permítame decirle que llevamos varias semanas trabajando con mucha intensidad y que, por una vez, no estaría de más que nos ocupáramos de cosas más placenteras. Tengo un palco para *Les Huguenots*[86]. ¿Ha oído usted a los De Reszke[87]? ¿Le importaría en ese caso estar listo dentro de media hora, para que podamos detenernos en *Marcini's* de camino hacia el teatro y tomar un bocado antes de la representación?

86 *Los hugonotes* (título original en francés, *Les Huguenots*) es una *grand opéra* en cinco actos del gran compositor alemán Giacomo Meyerbeer (1791-1864), estrenada en la *Théâtre de l'Opéra de París* en 1836.

87 Los hermanos Jean De Reszke (1850-1925), tenor y Edward De Reszke (1853-1917), bajo, nacidos en Varsovia, cantaron juntos en algunas de las representaciones de *Les Huguenots*.

ÍNDICE

Nota preliminar		9
I	El señor Sherlock Holmes	11
II	La maldición de los Baskerville	21
III	El problema	38
IV	Sir Henry Baskerville	50
V	Tres cabos rotos	66
VI	La mansión de los Baskerville	80
VII	Los Stapleton de la casa Merripit	94
VIII	Primer informe del doctor Watson	113
IX	La luz en el páramo	126
X	Fragmento del diario del doctor Watson	154
XI	El hombre del risco	170
XII	Muerte en el páramo	187
XIII	Preparando las redes	206
XIV	El sabueso de los Baskerville	220
XV	Examen retrospectivo	235

En la misma editorial:
Clásicos universales

En la misma colección:
Clásicos literarios

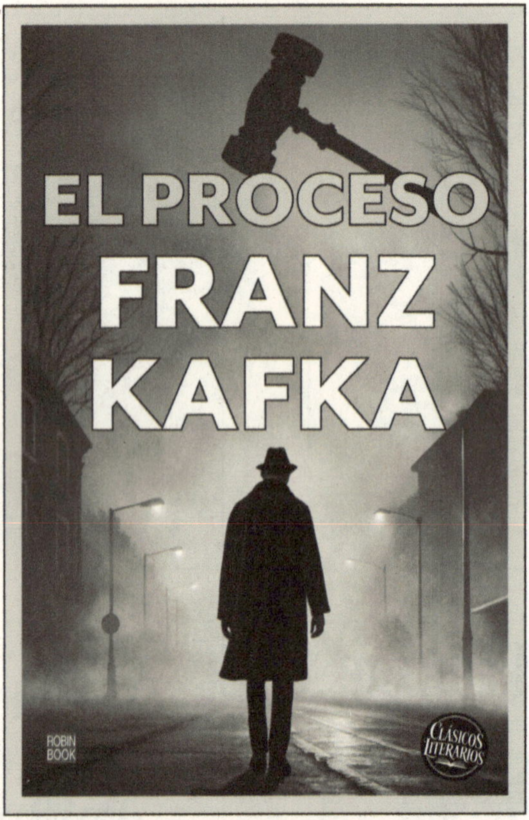

Una obra completamente absurda,
pero con una gran verdad en su interior.